CB121131

Mariana Dimópulos

Cada despedida

TRADUÇÃO
Josely Vianna Baptista

Apresentação

J. M. Coetzee

A maioria de nós conhece bem — na verdade, muitos já a viveram — a história da jovem alma inquieta que deixa a casa dos pais e a terra natal, que considera atrasadas e toscas, e vai para o trepidante mundo cosmopolita sobre o qual tanto leu, em busca da felicidade.

Cada despedida se desenvolve a partir de uma história assim. Só que em vez de repetir a melopeia habitual dos encontros perturbadores com uma forma de vida diferente, das experiências traumáticas no mercado de trabalho, das aventuras amorosas decepcionantes, Mariana Dimópulos desmonta essa narrativa para depois tornar a montar seus elementos numa configuração diferente. Para o leitor, a questão não é mais: Como fará nossa jovem heroína para lidar com a sucessão de desafios que a confronta?, mas: Por que será que essa alma inquieta não consegue corresponder a nossas esperanças narrativas inventando uma vida nova para si mesma? Por que ela está sempre se esquivando da promessa de segurança (dizer que ela *rejeita* a segurança seria ir muito longe) e passa a novas modalidades de desadaptação e insegurança?

A noção de "adaptar-se", que às vezes pode ter o sentido de "instalar-se" e "aceitar", passa a ser fundamental aqui. Por que razão a descendente de pessoas que deixaram o Velho Mundo da Europa para se instalar no Novo Mundo das Américas é incapaz de se adaptar à vida oferecida pelo Novo Mundo? Ao voltar para o Velho Mundo (que na maioria dos aspectos é mais moderno que seu lar no Novo Mundo), que tipo de instalação alternativa ela está buscando? Por que é incapaz de aceitar uma das opções que seus novos amantes e amigos do Velho Mundo lhe oferecem, opções que qualquer pessoa sensata com expectativas moderadas consideraria satisfatórias?

Se acompanharmos o eixo do tempo cronológico, a história de nossa heroína sem nome chegará ao fim depois de dez anos de peregrinação, com a volta à Argentina — especificamente à remota Patagônia — e o advento inesperado do amor na forma assentada. Mas nem bem ela encontra a cura para seu desassossego e já a perde novamente, numa catástrofe de violência.

O que move o romance da heroína que procura — cujo exemplo clássico é *Madame Bovary* — é o desejo: Onde está, quem é, o que é (pergunta Emma) o objeto que haverá de saciar de fato meu desejo? *Cada despedida* deriva de uma variante mais complexa, negativa, desta questão: Qual é a natureza desse meu desejo que se manifesta em despedidas sucessivas, despedidas de objetos que nunca se transformam no objeto verdadeiro?

Cada despedida

Para Ariel, o único lugar.

Nas vezes em que me pus a considerar as diversas agitações dos homens, os perigos e as dores a que eles se expõem, na corte, na guerra, da qual nascem tantas discórdias, tantas paixões, tantos cometimentos ousados e frequentemente nocivos, etc., descobri que toda a infelicidade dos homens vem de uma coisa só, que é não saber ficar em repouso dentro de um quarto.

PASCAL

É sempre a mesma coisa, sem pudor nem cansaço. Não importa se de manhã ou de noite. Se no inverno ou no verão. Se a casa é confortável, se alguém vem me receber. Eu chego, quero ficar, e vou-me embora.

Nos primeiros tempos, quando mal nos conhecíamos e nos cumprimentávamos de longe, e fingindo indiferença nos sentávamos à mesma mesa para tomar um café, Alexander gostava de rir de meus hábitos e passava tardes inteiras caçoando, amavelmente, de mim. Achava engraçado eu já ter me mudado três vezes de casa no pouco tempo em que estava em Heidelberg, e quatro vezes de cidade até aquela altura do ano. Eu lhe parecia, dizia ele, esplêndida para essas andanças todas. Alexander falava um castelhano lento, meio veludoso. Mas eu não era nem nunca fui esplêndida.

Nem Julia, em nossa casa em Berlim, quando de noite conversávamos ouvindo Kolya ressonar em seus sonhos de criança, queria acreditar que até aquele momento eu já havia passado por onze empregos, sem contar o do bar onde nos conhecemos. "Você já foi padeira, ascensorista? Logo neste país com tão poucos elevadores?", caçoava ela, por sua vez.

Dissipávamos como dois amantes aquelas horas de intimidade roubadas ao jantar, ao livro ou à tevê, pois nenhuma de nós queria cozinhar se Kolya já tivesse jantado e desse para a gente mordiscar, sem se sentar, um pão ou uma fruta enquanto ela falava e me questionava e, talvez, limpasse um pouco a bancada, insistindo, alegando que devia haver motivos para isso. Depois de um minuto de silêncio ela me provocava novamente e conseguia, por fim, arrancar de mim sua frase preferida.

"Vamos dormir", concluía eu a cada noite. "Odeio a interioridade."

Combinávamos de não desperdiçar mais o tempo daquele jeito, de nos deitar mais cedo da próxima vez. "Padeira e o que mais?", cutucava ela com uma risadinha, e eu repetia a mesma ladainha de sempre: repositora de copos, estoquista de autopeças, atendente de confeitaria, de quitanda, de café da manhã, e num sussurro completava, de má vontade, o restante de minha peregrinação. "Isso é tudo?", zombava Julia. Falávamos de seus pacientes, de males e doenças, até de nossos joelhos e pés estarem doloridos. “Você logo vai se cansar de ficar indo de um lado para outro”, dizia ela. Mas isso era falso. Cansar-se não era preciso, chegar era preciso.

E depois de todas as viagens, dos anos perdidos e ganhos e perdidos novamente, depois de pôr e tirar mil vezes a mão do caldo cru, que ao que parece nunca cozinha, de minha pessoa, de finalmente encontrar um homem e amá-lo, me ligaram para que eu visse como a história acabava: a sala ensanguentada até as paredes, a desordem, o machado jogado. O que eu podia fazer? Arranquei-me uma lágrima e a entreguei, mas não a quiseram. Queriam palavras sérias e explicações. Admiti que o amara e que o conhecera um ano antes. Que não o matara. Tudo isso era verdadeiro.

Agora é fácil dizer: se eu não tivesse ido, se eu não tivesse voltado. Quando falei para meu pai que ia viajar, com apenas vinte e três anos, ele já estava com setenta e desistira de muitas coisas, mas de mim não. Me respondeu que não fizesse isso, que ia deixá-lo sozinho, que ia me arrepender. Eu não queria ser bióloga, esposa, mãe? Queria, sim, provavelmente. Mas já estava velhíssima aos vinte e três anos. E já fazia tempo demais que me achava incapaz de dormir numa cama, de me sentar numa cadeira, de habitar um quarto.

"Não tem problema", me dizia Alexander, tomando seu café na xícara branca, "se você fizer a mala e perceber que não tem sentido. É só encostá-la de novo, desfazê-la e arrumar a roupa no armário. E depois pegar um papel e anotar todos os motivos para não partir. Ler tudo duas, três, quatro vezes. Até decorar. E pronto. Você já não foi." Mas quando chegava a hora eu nunca sabia que motivos haveria para ficar nessa casa ou naquela cidade, se já fazia tanto tempo que minha cabeça doía, ou o estômago, e os olhos durante a noite insone, e os sapatos quando era dia.

Queria um motivo para ficar em Heidelberg?

"Eu, por exemplo", dizia Alexander.

E no começo eu também achava que era possível, e imaginava que ele seria motivo suficiente, e imaginava nós dois dividindo uma casa, a cumplicidade sob os lençóis quando, em acordo silencioso, evitássemos o amor. Então a Alemanha se tornava um destino, e tudo que era fortuito logo se tornava necessário. Não me custavam nada esses devaneios. E neles, em segredo, eu às vezes me distraía como um passageiro clandestino, pois sabia que nunca seriam verdadeiros.

O fato é que deixei meu pai sob os cuidados de meus irmãos mais velhos, que o visitavam de vez em quando, mas não muito seguido, não de todo nem quando era preciso. Mas eles tinham família e grandes compromissos que lhes serviam de anteparo; já eu só podia dizer, se quisesse evitá-lo e me perguntassem: não posso, não posso, estou indo embora. Foi assim que fiz as malas e com um dinheiro que dava, mas não sobrava, comprei uma passagem e, num intervalo de menos de vinte e quatro horas, peguei o avião no Ezeiza.

"Quando você volta?"

"Logo."

A despedida não foi grande coisa; é bom que homens não chorem. Mais que triste, meu pai estava aborrecido quando o vi pela última vez. Depois fiz o que fazem os jovens que chegam a Madri e são latino-americanos e não vieram para alimentar ninguém do outro lado do oceano: apostei por um tempo na vida dos artistas, fumava haxixe, usava um pano na cabeça e me preocupava, ao que parece, com o destino do mundo. Na primeira casa que dividi tinha um uruguaio que tocava violão e se consumia de tédio e melancolia. Porque éramos artistas, justamente, e alguém fazia gravações numa câmera, e o outro improvisava suas queixas no violão por simpatia, como foi dito, com o provável devir do mundo, pintamos as paredes de várias cores, penduramos amuletos e outras bagatelas ridículas, para dar ambiente à casa e rodar um filme que levaria nosso improvisado diretor de cinema ao estrelato da subcorrente latina, que era alimentada, como os pássaros, com o alpiste da compaixão de seus contemporâneos europeus. Mas isso eu só fui entender mais tarde. Naquela época eu percebi apenas que, para os fins cinematográficos, meu quarto tinha sido pintado de vermelho-escuro e que em pouco tempo isso me pareceu inadmissível; a parede caía sobre meus ombros, a janela era estreita e minúscula em seu canto, por que é que havia uma janela ali, eu me perguntava, por que é que ninguém jamais pôde viver diante de uma janela desse calibre? Os dias começavam a se prolongar terrivelmente lá na casa. A cozinha sempre foi um cubículo que ninguém limpava, a não ser bem por alto, com um paninho velho, como se faz com a consciência pesada. Mas, de repente, aquela estante se tornava inconcebível. E o banheiro? E as cadeiras da sala de jantar? A prateleira da cozinha era um grande talho na parede. Não ter me ligado sentimentalmente a nenhum de meus dois companheiros foi uma conclusão acertada. Decidi fazer a única coisa que sabia.

Minha liberdade é sempre a escravidão do outro. Sendo assim, pergunta meu coração, que não é bom, se eu me tornar escrava, haverá outro que será livre?

Nessa tarde do interrogatório eu me vi diante de um homem gordo e com cabelo cortado à escovinha que ao falar de assuntos de sangue não sabia onde pôr as mãos. O vento soprou e os tetos altos da casa de Madame Cupin pareciam cheios de fantasmas.

"Há quanto tempo você os conhecia?"

"Desde o ano passado. Cheguei em novembro."

"E mora aqui na granja desde essa época?"

Isso mesmo. Todas as perguntas me pareciam desnecessárias. Se eu sabia se eles tinham algum inimigo, se tinha ouvido alguma ameaça, se tinha presenciado alguma discussão. Depois veio outro, que pediu licença para pegar água na geladeira porque ainda fazia aquele calor do dia, embora já estivesse entardecendo. De um momento para o outro, pensei que era errado eu estar sentada numa cadeira da sala de jantar de Madame Cupin; me levantei e escolhi uma banqueta da cozinha, que arrastei ruidosamente, sob a vista dos oficiais. E na noite anterior, o que acontecera?

"Ele me recomendou que fosse dormir em El Bolsón."

"Por que motivo?"

"Por causa dos insetos."

Que insetos eram esses nós pudemos conferir logo depois, naquela mesma noite, mas não sei se isso adiantou para que acreditassem em mim. Da lâmpada caíam alguns cor de caramelo que sumiam devagarinho na borda da mesa e depois seguiam seu curso até o tapete oriental que cobria o piso. Alguns eram simples térmitas, outros conservavam longas asas translúcidas.

Se eu não achava suspeito ele ter me mandado dormir fora justo naquela noite, só por causa de uns bichos? Não, o que aconteceu foi uma terrível coincidência. Eles deviam acreditar em mim?, me perguntaram. Eu tinha certeza de não ter ido por vontade própria? Ou em conivência com algum outro? Por desígnio de Marco e de mais ninguém eu havia descido até o povoado na noite anterior e os deixara sozinhos, ele e a mãe, na granja Del Monje sobre a encosta da montanha, para encontrá-los no dia seguinte em minha casa, a porta aberta, o braço dele ensanguentado. Saí correndo em busca de ajuda. O que mais queriam de mim? Voltei a derramar minhas lágrimas, doces e salgadas. O machado era de Marco. Quando o trouxeram eu o reconheci.

Em Málaga eu dizia me chamar Luisa; em Barcelona, Lola.

Morava em Heidelberg desde o outono. Já cumprira com os requisitos impostos aos recém-chegados à cidade. Era estudante, tinha domicílio, seguro médico, visto de residência. Tinha carimbo e aprovação. Na agência de trabalho da universidade li o anúncio da padaria ao pé do castelo. Seria impossível eu falar por telefone, então com o nome de referência no bolso da jaqueta e uma ou outra mentira preparada fui até lá na mesma tarde. A dona, casada com o padeiro, tinha cabelo curto e os lábios pintados de escuro. Me recebeu com o filho no colo e me levou até a sala da confeitaria, onde nos sentamos e aceitei algo para beber, mas apenas água. Com grande esforço, entabulamos uma espécie de conversa. Ela costumava trabalhar com estrangeiros desde que fossem estudantes e entendessem de pontualidade, apressou-se a me explicar; o trabalho era simples, que dificuldade havia em embalar o pão e estendê-lo até o outro lado, receber o dinheiro, dar o troco? Mas tudo isso tinha de ser feito com presteza, sem um segundo de hesitação. Eu estava de acordo? Estava. No dia seguinte, às seis da manhã na padaria, quando ainda era noite, fui anotando em meu jargão, desenhado tortuosamente numa folha solta, os nomes dos pães e dos doces alemães que ela me ditava e apontava em cada compartimento atrás do balcão. Bom dia, bom dia. Entrava um homem. Dois pães. Dois o quê? Dois pães, pediam. Que mais seria...

E lá de trás vinha de vez em quando o ajudante do padeiro com as bandejas recém-saídas do forno, e era difícil não se queimar ao distribuí-las nas cestas ou evitar, com as pessoas esperando do outro lado, sob o olhar meio compassivo, meio inquisidor da dona, que nos caísse da mão alguma peça preciosa, rolando para longe de nossos pés. Ela tinha estudado na universidade, queria ser dentista, gostava de dentes e até de um pouco de sangue, me disse a dona, enquanto eu bracejava como podia no barro da conversa e ela ajeitava as tortas na geladeira. Ela as recebia das mãos do confeiteiro, que estranhamente não era gordo, mas era afável. Seu esposo, o padeiro? Seu esposo estava "lá atrás". A manhã passava como um desses torvelinhos recorrentes, que anunciam uma chuva que nunca chega.

Mais tarde seria a mesma coisa, e também no dia seguinte, as pessoas entrando na padaria, com um ou outro passo, para espetar-me seu enigma mais ou menos engenhoso: três croissants, um frasco de geleia. Um frasco? O que remotamente na terra podia ser um frasco? Quando saíam — poucas vezes, pois só pareciam entrar — eu aproveitava aquele momento para me recompor da batalha da língua, dizer-me alguma palavra de alento, repetir o vocabulário que tinha aprendido e me lembrar de meu pai, mesmo sem querer lembrá-lo. Ele sempre me tratara como se eu fosse uma certa partícula do universo. Agora, no sistema planetário que era Heidelberg, todas completavam sua elipse, brilhando numa rotação preguiçosa; mas eu não passava de uma última estrela, apenas espelho das luzes de outros. Pensava também em dona Carmen, que reclamou tanto para mim, insistindo naquilo de "menina, fala devagar, mas que sotaque o teu!", enquanto lavávamos o pátio do hotel de La Mancha a quatro mãos, e agora eu me perguntava, se dona Carmen reclamou assim do meu sotaque, o que diriam de meus árduos vocábulos esses novos outros.

Só comprovamos estados, meu pai sempre repetia. E as pedras? Tanto as pedras pré-cambrianas quanto as asas de uma mosca. Tinha aquela suficiência do médico e do naturalista, tão própria, que não compartilhava com ninguém. O equilíbrio da pedra se desfaz em bários, como a mosca do dia. Só está detida em sua forma por mais tempo etc. etc. Quando fui embora de Buenos Aires, aos vinte e três, fazia anos que estava cansada de escutá-lo, embora o amasse biblicamente, e também até um pouco mais.

Tinha sobre os ombros apenas um mês como forânea. Depois da convivência com os artistas, passei uma semana sozinha num quarto do centro de Madri, num primeiro andar, sem sentir a menor falta nem de meus velhos companheiros nem do quarto vermelho que deixara para trás. Era um primeiro andar antigo, ao qual chegavam, vindos da rua, a música, os gritos e outras opiniões dos que comiam no bar de *tapas* do térreo. Embora eu tenha pensado nisso mais de uma vez, jamais consegui me arrancar da cama, enfiar a calça e jogar uma bebida no estômago olhando-os no peito ou nos olhos. Ficava deitada ouvindo suas conversas repetitivas. Manifestavam incessantemente sua idiotice e alegria. Uma fumaça fedorenta ia se infiltrando em meu quarto. A noite durava mil noites. Logo houve motivos suficientes para aquilo que não me demandava nenhum; uma semana depois de me mudar, reuni novamente minhas coisas, que eram poucas, e fui para a estação. Tinham me falado da cidade de Almagro, que Almagro era muito bonita, já tinham me falado, e, embora eu não soubesse se queria ver algo bonito, ou belo, ou lindo, peguei um ônibus e em poucas horas estava lá.

"Turista?"

Me perguntaram. Eu não sei se a ocasião faz a mentira; porém, como já disse, meu coração não é bom. Respondi que sim e virei turista por um tempo que me pareceu excessivo. Cumpri com minhas obrigações, visitei lugares, maravilhei-me. A praça, o teatro antigo, as pessoas quietas por detrás dos pórticos. Era preciso ir até a Espanha para conceber os pórticos. Aquele zoológico de civis, o cenário seco da cidade, tudo isso de repente se transformou no que talvez já fosse, e deixou de me maravilhar. E foi o fim do turismo, outra aberração centenária. Escolhi um hotel, com pátio e algibe, e conheci dona Carmen. Também menti para ela, que mais podia fazer? E não era esquecimento o que eu procurava, nem repassar um passado atroz, nem abandonar alguém ou me destruir; é que eu já era suficientemente adulta e, embora tivesse tentado tantas vezes em Buenos Aires, não conseguia me acostumar com minha própria mesquinhez. Nas primeiras semanas ela me alojou num dos últimos quartos, a meu pedido; não fiz nada além de ler e ver tevê. Quando dona Carmen saía para lavar o pátio, de minha janela eu a observava, especialmente seus braços e sua cintura, o vestido previsivelmente florido, o sapato de salto. Era uma mulher bonita, à sua moda. Enfrentava seus afazeres com tremenda energia e não queria nada de ninguém, a não ser de seus dois filhos, que moravam longe, nem mesmo de um homem, segundo o que pude decifrar de seus comentários quando, de tarde, por causa do calor, ela se jogava com as faces ardendo no sofá da entrada. Pra mim nada, menina, dizia ela, só um pedaço de pão, uma fatia de presunto e uma cerveja gelada. Era asseada, bem posta, sabia suar. Uma vez fui até o pátio para ajudá-la na limpeza e, apesar da discussão em que nos pegamos, no fim ela concordou. Na fiambreria perto do teatro ouvi dizer que dona Carmen, em outros tempos, tinha sido puta; o homem não falava em tom de reprovação, podia até ter sido um cliente, a menos que dona Carmen tivesse exercido o ofício em algum outro canto da Espanha.

É mentira que dona Carmen tenha sido puta, em Almagro ou em outra cidade.

No café da universidade de Heidelberg, sentados diante da praça, Alexander me perguntava por que, se eu de fato era bióloga, trabalhei como vendedora na padaria ao pé do castelo e depois como repositora da Ikea, e por que na época estava empregada como estoquista de autopeças na fábrica da ABB. Viajar esses quarenta quilômetros de ônibus todo dia! Ele falava que podia fazer com que eu desse aulas de espanhol, talvez que conseguisse uma bolsa, e até que entrasse como assistente no laboratório de experimentos químicos do campus. Ele falava, e até acariciava meu joelho por debaixo da mesa, sem me olhar, como se fosse meramente por acaso.

Em que acredito depois disso tudo? Acredito em Alexander, em Kolya, em Julia. Num guerreiro turco. E nele, claro. Em ter partido com vinte e três e voltado dez anos depois para finalmente me apaixonar por um homem; naqueles anos peregrinados, consequentes, em que não era preciso permanecer de nenhum modo, aqueles anos que passei mancomunada, a contragosto, com o hábito e o dia, mas sempre levando debaixo do braço, talvez na manga suja, o visto pronto, o tíquete, a passagem para outras bandas. E a gente chega para ficar. E nem assim a gente fica. Não sei para que pode servir o "para". De nada me vale ser útil.

O aeroporto de Atenas tem uma grande escadaria, onde um vento, grego e seco, queima minhas faces.

Em Heidelberg, Alexander me fala novamente do laboratório do campus, assim que se sai da cidade. Finjo surpresa e respondo que sou incapaz de lidar com enxofre, mas a ideia não era nem um pouco nova para mim.

"E o laboratório?"

Me perguntou um de meus irmãos em Buenos Aires quando eu disse que ia partir.

"Para onde?"

"Para fora."

Já fazia um tempo que planejavam montar um laboratório de análises clínicas e bacteriológicas para o qual acreditavam que minha presença era necessária. A ideia do projeto era de meu pai, como não. Seria sua forma de esconjurar a velhice. Todos eles praticavam com zelo a alquimia da vida cotidiana; os filhos, a esposa, o trabalho. Dosavam mal, quase sempre na hora errada. Talvez o laboratório, prometiam-se.

"Você vai viajar pra quê", meu pai me disse, sem modular a pergunta.

Comecei pelas razões práticas e continuei pelas pessoais; esgrimi pra lá e pra cá: que a possibilidade de trabalhar na área de ciências — embora eu não quisesse fazer isso —, que os estudos — aliás, eu também não planejava estudar. Sobre juntar dinheiro eu não falei nada; ele não ia acreditar mesmo. O que mais eu podia fazer? Era jovem, inventara para mim uma ou outra convicção. Depois de um discurso meio inflamado, fiquei em silêncio.

"Lá você também não vai ser feliz", sentenciou meu pai.

Ele me contou de suas viagens à China quando minha mãe ainda estava viva e eu ainda não, vinte e cinco, trinta anos antes. Seu triunfo era parco, de meio-sorriso, como tudo nele.

Esgotada por um longo dia de trabalho, vou para a cama. Mas o mal da mala não descansa como eu, e estende armadilhas dia e noite.

Na pousada de uma cidade espanhola chamada Almagro, certa manhã dona Carmen se cansou de mim. Fazia um mês e meio que eu tinha saído de Buenos Aires e ainda pensava estar em férias.

"Vai, menina, para o sol, para a praia!"

Que tinha uma irmã em Málaga, na costa, que a essa altura do ano me alojaria por um bom preço. Fui embora sabendo que três semanas na pousada de dona Carmen não tinham sido suficientes para que os móveis, ou o velho aparelho de tevê, me parecessem inconcebíveis. Se tivesse passado mais tempo lá (então, era o tempo), teria acontecido a mesma coisa que aconteceu depois: chegar, depois de jantar, digamos, ou de fazer compras, pôr as sacolas no chão e olhar o quarto ao redor. O que são essa cômoda e essa cama, o que é o tapete, se houvesse um, e essas cortinas?

De repente a cadeira vira um troço arcaico, para o qual não há uso. O quarto está abandonado, nem o banheiro nem os espelhos se entendem. A gente se pergunta, como assim abandonado, se até há tão pouco tempo esse era nosso próprio quarto. Mas como, a gente se pergunta, se o cobertor é meu, se as toalhas são recentes, ainda de hoje de manhã. Tornaram-se inconcebíveis. Eu pensava ter vivido os últimos tempos entre essas quatro paredes? Pura ilusão. Um encantamento sem brilhos, completamente profano. Saio do quarto e entro novamente. O que está acontecendo? A mesma coisa: o mobiliário ridículo, a porta muda. Sou uma ingênua, penso, e me sento. Olho pela janela, digamos. Vejo a paisagem de sempre. Como pude me levantar todos os dias e olhar por essa janela a paisagem de sempre? Isso não foi vida, penso, tem outra coisa.

"E o vizinho do campo de cima? Brigaram por um canal d'água. Sabe algo sobre isso? Ouviu algum tipo de ameaça de morte?"

O policial cuspia ao falar. Enquanto isso, eu ouvia os fantasmas do vento nos tetos altos da casa de Madame Cupin.

"Uma vez ele veio a cavalo e pisoteou as calêndulas. Mas nunca ouvi nenhuma ameaça de morte."

"Você insiste que naquela noite saiu por causa dos bichos?"

"Insisto."

Ao acordar, faço um longo cálculo, com funções e algoritmos. Acontece toda manhã, e o resultado sou sempre eu. Isso me surpreende.

Me despedi de dona Carmen com a promessa de passar por Almagro quando voltasse a Madri. Sabia que não ia fazer isso, mas que gostaria de fazê-lo em outro futuro, que não fosse meu; e, quando me despedi e abracei seu corpo gordo e aquecido pelo sol de La Mancha, soube que era a última vez. Ela não me importava mais. No próprio abraço que lhe dei, dona Carmen se diluíra. Sim, iria procurar sua irmã. Nos veríamos logo, logo. Não lhe dei muitos ouvidos. Fui até Málaga sem fechar os olhos uma única vez, observando cada centímetro da paisagem. Naquele mesmo dia dei um jeito de encontrar a pousada da irmã de Carmen e examinar seu pórtico. Decidi que não era possível; andei algumas quadras à direita e outras à esquerda, como se soubesse o caminho, e, numa esquina que poderia classificar de insossa, escolhi outro hotel. Era de duas estrelas; me pareceu muito. Passei dois dias entrando e saindo nas horas adequadas, a toalha de banho debaixo do braço. Ao chegar ao destino desdobrava-a só pela metade e sempre ia atrás de uma sombra. Aquilo também não ia funcionar, menos ainda que em Almagro. Quem acreditasse nisso estaria redondamente enganado. A gente não podia ficar em Málaga, muito menos viver em Málaga; estar em Málaga era estar equivocado até a medula, gravemente, doente de equívoco. Eu apenas me sentava na praia do jeito que dava, sem desdobrar a toalha, como já disse, sob uma sombra, se encontrasse uma, e estudava com olhos de lince a improbabilidade de tudo. Esses guarda-sóis? De jeito nenhum. Essa costa? Era impossível ficar sentada; de pé, fazia um esforço enorme para ficar quieta e não fugir. Para onde? O Mediterrâneo, o mar antigo, era uma canção tola.

Me levantei e fui até a água. Tinha uma bola boiando e dois meninos correndo na areia, de um lado para outro, sem coragem de entrar para pegar a bola, vendo, abobados, como a maré a trazia e a levava.

Pediram que eu fosse e falei que não ia me meter no mar para pegar a bola horrorosa deles.

Isso é mentira. Ninguém me pediu nada.

“Conhece alguém da família?”

“Um irmão. Mora no Chile. É arquiteto.”

“E qual sua opinião sobre ele?”

“Nenhuma. É alto. Escreve versos numa caderneta.”

Logo conheci Stefan, no dia seguinte. Tinha ido para a praia e me forçado a sentar na areia para que o sol me tocasse. Vi-o de longe, andando meio desanimado, seguido por um cão. Depois soube que não era dele, mas ele andava como se lhe pertencesse, os ombros para a frente, as costas pesadas, com a radiante resignação do homem que guia um cão. Passaram a alguns metros da orla e pararam adiante. Havia um carro vermelho.

Stefan parecia discutir com alguém que estava dentro, oculto pelo reflexo que coloria a janela. Levantei-me para observá-los, correndo o risco de que o cão e ele rissem de mim. Era uma curiosidade ridícula, acusei-me; mesmo assim fui até o asfalto. Olhei-os novamente com insistência, mas nem eles se viraram nem eu fui ao encontro deles, e passei a andar do outro lado de propósito. Por dentro, ia pensando que estava cometendo um equívoco, de ir embora e de ficar. Por estar com a cabeça baldia, imaginei muitas coisas, com uma paciência e uma atenção que não me orgulhavam nem um pouco. Então cheguei à estação de Málaga e comprei uma passagem para Madri. Depois, pensava, voltaria a Buenos Aires e acabaria com a farsa das férias. Tinha partido simplesmente para ir embora e arranjar um quarto para mim. E na hora do regresso também, eu me prometia enquanto comprava a passagem: ia esperar que Madri se tornasse insustentável, enfadonha em seus brilhos, como enfadonhas e brilhantes podem ser as cidades. Era só detestar as pessoas um pouco sem ter nada, nenhuma ligação: o que estivesse atado, desatar; o contraído, denegar. Então vem o momento triunfal, quando as malas já estão arrumadas e a gente entra no último vagão, fecha a última porta.

Toda a viagem planejada desde Buenos Aires se tornaria inofensiva, uma volta ao mundo em miniatura hispânica. E meu pai teria sua pequena nova vitória quando me visse em casa novamente, e eu a daria a ele, conformada, porque ele estava velho e aquele era um segredo que nenhum de nós dois teria coragem de revelar. Mas não foi isso que aconteceu. Naquela mesma noite, com as malas prontas e a conta paga, eu o vi novamente; em vez do cachorro, levava um menino pela mão. Entrou no mesmo bar onde eu estava jantando, percorreu-o e escolheu uma mesa do lado de fora. Tentei não insistir nem com os olhos nem com o pensamento, concentrando-me no peixe que acabavam de me servir e em reflexões fátuas, tão típicas de viajantes, como os custos da viagem do dia seguinte, onde dormiria em Madri, se ainda tinha um bilhete do metrô em algum bolso. Certamente eu só queria me distrair, pois ele estava em Málaga, e Málaga eu já deixara para trás. O jantar não me soube a nada importante; terminei-o sem satisfação, pensando erroneamente que daria na mesma não comer. As instalações, o mobiliário, os quadros do bar me pareceram ofensivos, o mesmo tapa na cara de sempre. E até os garçons, e os outros comensais, estavam equivocados, cada perna, cada gesto ao levantar o garfo.

"E o cachorro?"

Parei para perguntar.

Sentado lá fora diante de seu prato, Stefan ergueu os olhos e hesitou por um instante, me medindo. Não precisou de mais que um segundo para aprovar minha roupa e meu esqueleto. Deu um sorriso bonito, satisfeito.

"O cachorro de hoje? É verdade. Andei o dia todo com um cachorro na minha cola, mas não é meu. Seria seu?"

"Não."

"Sente-se; este é meu filho Andrei. Gosta de crianças?"

Falava "crianças" alongando as vogais; não respondi.

Ele me ofereceu uma bebida e fomos mais que amáveis, cada um atrás do seu copo. De início falamos, inevitavelmente, de Málaga, de nossas respectivas procedências, de se o mar ou a montanha, dando piscadelas um para o outro, sem intimidade em nenhuma frase. Mas para isso havia a noite: com o pretexto de esticar as pernas saímos para passear um pouco; o menininho, que ia no meio, insistia em agarrar minha saia e puxá-la. Eu não achava a menor graça. Depois paramos para olhar o céu e as estrelas. Nas palavras de Stefan, porque o menino gostava. Mas o gurizinho achou que tinha visto uma lagartixa e começou a dar voltas e a revolutear, falando sempre as mesmas duas ou três palavras, como um pássaro triste. O pai dava a ele uma atenção pendular; soltava um ou dois monossílabos e um assentimento esporádico, até que o gurizinho retomava sua ronda atrás dos arbustos.

"Ela está com frio?", perguntou, apontando para mim num de seus retornos.

Stefan se postara atrás de mim e me abraçava. Respondi que sim com uma solenidade ridícula. Quando o menino saiu novamente, Stefan começou a murmurar os nomes das estrelas que conhecia, e, como se estivéssemos discutindo produtos de supermercado, eu lhe disse quais eram as minhas preferidas, esta, aquela, fingindo que nunca antes observara com atenção o céu inventado pelos astrônomos. Era um romantismo barato para o gosto de qualquer um. Nós dois sabíamos disso. Girava em minha cabeça, arrastando-se, a melodia monótona de minha própria pessoa. Acho que menti um pouco para ele, fingindo que era dona Carmen com trinta anos a menos. O menino veio uma última vez e se pendurou na calça do pai, dizendo que estava com saudade da mãe.

"Está tarde", respondeu Stefan, e me soltou.

Acompanhei-os até o hotel em passo acelerado e me despedi na porta sem um beijo que fosse, de nenhum dos dois, pensando que não os veria mais e que nessa noite eu seria incapaz de ficar na horizontal, que detestaria tocar a cama, que daria qualquer coisa para dormir em pé. Nesse lance de que não os veria mais eu estava enganada.

Como por uma longa escada, caí na interioridade.

Parto porque não posso ficar, ou parto para não poder ficar: uma disjuntiva que faria as delícias de Alexander durante nossos papos no café, sentados, falando com ou sem as mãos entrelaçadas, depois de termos nos concedido uma ou outra noite de sexo. Não acredito apenas: tenho certeza de que durante todo aquele tempo em Heidelberg ele esteve apaixonado por mim. E que não estava brincando quando me dizia para ficar pelo menos até o próximo ano, quando ele já teria terminado a faculdade, para planejarmos juntos o que fazer ali ou em qualquer outro lugar do globo. Alexander era alemão, mas não muito, não era imensamente alemão nem europeu e no entanto tinha um jeito alegre de dispor do futuro porque podia acreditar que lhe pertencia, embora também seja verdade que ele duvidava, dia e noite, e sem contemplações, da própria liberdade.

Ensaio a alegria. Depois minto.

"Não fique sozinha. Vá dormir no povoado."

Foi o conselho dos policiais naquela noite. O gordo de cabelo cortado à escovinha me estendeu uma de suas mãos gordas ao se despedir. Mas não lhes dei ouvidos e preferi ficar na casa cheia de fantasmas de Madame Cupin. Assim que fiquei sozinha a tristeza me abateu novamente. Não consegui nem engolir uma sopa ou um pedaço de pão. Era um sacrilégio eu me deitar na cama de dossel, mas foi lá que me deitei, tentando não pensar no que acontecera na granja Del Monje. O comprimido que os vizinhos me deram começou a fazer efeito quase à meia-noite, e ao fechar os olhos senti que caíam do teto, em direção à cama, sobre meus olhos e pernas, e caminhavam entre os lençóis, aqueles insetos cor de caramelo que Marco me havia prometido.

Às vezes, Alexander se retirava para "pensar um pouco". "Pra quê?", eu insistia. Ele só me acariciava, sem encontrar nenhuma frase divertida com a qual enfeitar sua retirada, e por vários dias desaparecia de vista. Porque tínhamos nossos rituais de encontros; havia, na cidade de Heidelberg, lugares específicos onde podíamos nos encontrar e ao mesmo tempo nos mostrarmos surpresos. Ele se retirava, me prometia, para pensar. Em quê?, eu me perguntava. Confundia isso com a interioridade e essas outras baboseiras das dúvidas e dos sentimentos. Eu lhe dizia que preferia organizar autopeças e despachar rolamentos, e pães, em caixas e papelões, a me sentar diante de uma montanha alemã, ou suíça, para ficar pensando. Quando ele voltava, nem similar nem renovado, tampouco me dizia aonde tinha ido. E para mim era um mistério do outro mundo que alguém pudesse sair de sua casa para voltar à mesma casa, dias mais tarde, e ao mesmo salão repleto de estudantes tresnoitados para tomar o café de sempre comigo. Nessas tardes eu não tinha nenhuma dificuldade em lhe contar qualquer coisa; falava de meu pai e de um laboratório que não tínhamos montado, de minha estada em Madri com os artistas, de dona Carmen e de Almagro, e até de Stefan e de Málaga e do capricho que me levara até onde eu estava naquele momento. Acho que mudei o nome de Stefan para o caso de ele conhecê-lo. É falso que eu simplesmente ache; tenho certeza, me lembro, sei disso. Que mais?

Para dona Carmen falei de meu pai e do laboratório da família, que tínhamos nos estabelecido com muito suor, enquanto esfregávamos, como ela dizia, o pátio para o qual davam os quartos do hotel de Almagro; depois, em Heidelberg, falei para Alexander de meu pai e de dona Carmen, e de Stefan, enquanto tomávamos um café aguado na universidade, e também com Julia, em Berlim, dos amores e dos ofícios quando não jantávamos e ficávamos em pé na cozinha, mordiscando um pão como pássaros com sono, primeiro sobre uma perna, depois sobre a outra, mas para Marco, quando voltei para a Argentina dez anos depois, no ano em que vivemos juntos na granja Del Monje, eu nunca disse nada, e ele também nunca perguntou, porque não precisava, talvez porque a suspeita do amor bastasse para nos ignorarmos.

Era tarde. Não tentamos nem baixar a canoa até a água. Havia muito vento e pouquíssimo sol. Vimos como a luz ia varrendo a margem oposta do lago, resvalando para a ponta de um monte, até não tocar mais nada além dos gases de uma atmosfera especialmente clara e benfazeja. Encostei a cabeça na relva e tive a impressão de sentir o rumor da Terra se movendo, a forma como a Terra ia dando as costas para o dia. Mas Marco tinha se sentado bem perto de mim, e essa única certeza me bastava.

"O sol já se foi", falei então, à vontade na pieguice.

Mas não tive coragem de tocá-lo.

"É. Precisamos fazer uma fogueira. Vou buscar uns galhos."

Logo a noite começou a recender, e Marco não voltava de sua expedição pelo bosque que rodeava o lago. O vento tinha amainado, mas era tarde demais para atravessar até a outra margem; seria perigoso, e inútil, remar às escuras. Havia um concerto de grilos não muito longe, e um cão que em algum lugar era ameaçado e latia com impaciência. A natureza era negra e azul; não havia, em nenhum lugar, nem átomos nem ligações covalentes, nem mesmo o bosque às minhas costas exalava seu monóxido de carbono. Tudo parecia parado. Encostei novamente a cabeça na relva, fechei os olhos e tentei escutar. Já não havia nenhum rumor da Terra em suas revoluções, não conseguia nem ouvir meu coração.

Marco chegou quando já estava bem escuro e me disse que não tinha encontrado nada que pudéssemos comer. Fez um fogo benévolo e aquecemos nossas mãos.

Para ou porque? Às vezes não sei.

Da padaria de Heidelberg, se por um milagre não entrasse ninguém por alguns minutos e a dona não estivesse lá na frente verificando se a vitrine estava em ordem, ou atrás do balcão conferindo a limpeza do chão e das cestas, eu gostava de ficar contemplando o calçadão de paralelepípedos da Hauptstrasse, quando estava vazia e também quando estava cheia, por exemplo, de turistas japoneses a caminho do castelo. Nos três anos em que morei em Heidelberg nunca subi até o castelo nem tive necessidade disso; nem me prometi nem me proibi, eram coisas que não me interessavam, apesar da surpresa de Alexander, ou justamente por isso. Mas não me faltava curiosidade para observar, por entre a trama de falsas tortas e decorações da vitrine, a Hauptstrasse. Eram minutos de devaneios inócuos, nos quais jamais me ocorreria cair na lama de minha própria pessoa. Ficava olhando o passo dos japoneses que carregavam suas câmeras fotográficas em miniatura, sobre sapatos invisíveis, imaginando que não faziam nenhum ruído sobre os paralelepípedos daquela rua de pedestres, e me detinha nessa simples pergunta, pensando no castelo, se gostariam dele, e o que levariam em suas câmeras ao voltar para casa. Isso era agradável. Mas lentamente o terreno baldio da cabeça ia se enchendo de coisas voláteis e instáveis como o gás metano: então se fecham pactos, com a gente mesma e com o mundo, e adentramos a interioridade. Era um mau caminho.

Também na Ikea, trabalhando ou, se preferirem, *sendo* repositora na seção de móveis e cozinha, havia momentos em que dava para procurar alguma coisa na qual se perder mentalmente, tomando cuidado para não cair nem na melancolia nem no medo terso que sempre acompanha as elucubrações. Mas eram poucos. O fato é que uma música monótona que soltavam sobre a cabeça da gente desde as quatro da manhã, hora em que nosso turno tinha início, nos salvava, na maioria das vezes, dos perigos da meditação. Era uma música terrivelmente amável, insossa, servil. Pensada para que os clientes, em seu ritmo plácido, deambulassem demoradamente no salão de compras, pegando um objeto aqui, outro ali, para que chegassem ao caixa como que por encanto e pagassem quase automaticamente o que a máquina registradora determinasse. No palácio da Ikea tudo era repleto de cores. Mas em nós, ou em mim, pelo menos, as luzes e a música produziram o efeito contrário desde a primeira madrugada em que entrei naquele grande complexo pela porta de trás e recebi a camiseta, com o logotipo do qual muitos sentiam tanto orgulho, e a calça azul. Me levaram até o depósito. Lá fui recebida pelo assistente da chefe de repositores que, do alto de uma empilhadeira, me dava instruções enquanto eu o seguia em seu percurso pelos corredores, entre milhares de caixas e prateleiras enormes, andando no compasso de sua máquina porque ele não queria perder nem um segundo comigo. O comando não lhe desagradava. Que teria café da manhã às oito, me disse com orgulho, e que às cinco e meia uma pausa de dez minutos para botar algum café no estômago e fumar um cigarro. Quando entrei no salão, minhas colegas mulheres, que pareciam não querer se misturar com os homens e pertencer a alguma confraria que guardava muitos segredos, me indicaram as prateleiras de xícaras e copos. Consagrei-me a essas prateleiras até a hora do café da manhã. Como é que eu ainda não tinha terminado, me perguntaram quando, sem dizer nada, todos se levantaram e abandonaram as caixas em que estavam enfiados até um momento antes, como é que eu não tinha terminado as prateleiras, me perguntava uma das da confraria, se depois do café nossa chefe já viria revisar e verificar tudo? Que chefe? Uma chefe minha e delas, resmungou. Ela ia vir e botar a boca no mundo quando comprovasse que as prateleiras dos copos e das xícaras tinham ficado incompletas. E esse prato quebrado? Eu até quis, mas não consegui me explicar nem pedir detalhes; minha língua descansava como uma longa larva no fundo de minha garganta, sem saber e sem querer se articular, comodamente, em sua plácida barbárie.

Chegar a Berlim foi mais fácil do que muitas coisas que eu tinha feito até então. Ao chegar a Berlim, pela primeira vez pensei que tinha razão em alguma coisa. Andei bastante pela cidade e logo soube que poderia adotá-la, que iria gostar muito, se não de tudo, daquilo que ela me desse. Estava exagerando, claro; mas gostava de idealizar as pessoas que via pela rua e também gostava de pensar que ali, pelas supostas dificuldades comparativas, pelos bêbados, traficantes e pobres trajes que eles têm, se ocultava, como as velhas bombas da guerra, algum ímã no qual ficar grudado como se fôssemos um metal nobre. Mas sabemos de nosso hidrogênio e de nosso oxigênio, que somos água além de pó, e que a água flui.

Desci do trem na estação do Zoo e passei essa primeira noite nas imediações, pagando caro e dormindo pouco, e no dia seguinte fiquei a manhã toda percorrendo a rede de metrôs e procurando um hotel de estudantes para o meu calibre do outro lado da cidade. Em Berlim era correta a ideia de outro lado; em Berlim a gente podia atravessar, e estar lá ou cá, cruzando a velha fronteira. Isso era um grande prazer. Mais tarde Julia repetia que eu era a única estrangeira em toda Berlim que sabia por onde tinha passado o muro que agora, vinte anos depois da queda, ainda se tensionava como um fio elétrico, finíssimo, entre o leste e o oeste do que foram as duas Alemanhas. Eu podia, dizia Julia, e era verdade, em qualquer ponto da cidade pôr o pé no lugar correto e dizer: leste, oeste. Ou também passar para um lado e dizer uma coisa e passar para o outro e pensar o oposto.

"Então vai ficar aqui em Berlim?"

Julia me perguntava. E às vezes eu dizia que sim no Oriente e também no Ocidente. Mas outras vezes não, e como morávamos a uma quadra de uma das tantas curvas da fronteira, com vista para um braço esverdeado do canal, eu de repente atravessava debaixo de chuva, ou de neve, que quase sempre era suja e insuficiente, para ir até o outro lado e pensar outra coisa, principalmente quando era tomada pela aberração, e o quarto da casa que dividia com Julia e Kolya se comprimia de uma hora para outra e virava um cubículo minúsculo que me obrigava a sair do jeito que estivesse vestida, de jaqueta ou sem agasalho, de sapato ou de pantufa, para voltar a respirar alguns minutos ao ar aparentemente livre.

Gasto a manhã inteira numa frase; demoro cinco horas, nem mais nem menos, para conceber uma frase em alemão.

"Onde posso arrumar copos outro lado durante o restante dia?"

A chefe demora um minuto inteiro para se virar em minha direção, um minuto inteiro em que me dá as costas, mesmo tendo me escutado.

Ela me olha de cima a baixo. Nem sequer beira o desprezo.

"Trabalhar?" Me responde. Levanta o dedo e aponta para uma caixa cheia de almofadas vermelhas e verdes. Baixo a cabeça. Lá vou eu.

Julia, que ao contrário de mim era boa, às vezes tinha dificuldade em entender. Falava de meus sintomas e de seus pacientes, fitando a ponta de um lápis com o qual fazia anotações em casa. De passagem me fazia perguntas, tecia teorias. Para me vingar, eu me trancava tardes inteiras em meu quarto, ou à noite, quando estavam dormindo, ia sorrateiramente até a cozinha para cometer algum vandalismo que largava no chão, ou em cima da bancada, sem arrumar. Mas não foram assim, em Berlim, os primeiros meses, quando eu ainda não conhecia Julia e trabalhava como garçonete servindo o café da manhã num hotel do bairro Moabit. Certa manhã um pouco amarga por ser cinzenta e estranha, um homem que tomava seu café bem cedo com outros dois no refeitório do hotel me perguntou por que eu ria ao lhes servir as magras provisões que lhes cabiam no desjejum: as duas rodelas de pão, a manteiga em seu plástico.

"Por que está rindo?", indagou ele. Era enorme. Não cabia na cadeira. Devia medir centenas de metros.

"Não estou rindo, só sorrindo", disse eu.

Seu colega ao lado então quis saber, se isso não era necessário para servir o café, por que é que eu estava sorrindo para eles. Minha língua já não dormitava no fundo da garganta como um urso hibernando, mas mesmo assim não respondi. Não teria o que dizer. Eles me roubaram toda razão. É verdade que não havia motivo para rir nem para sorrir, considerando que eu entrava às seis da manhã nas quatro estações, que depois do café arrumávamos a cozinha e começávamos a cortar verduras para o restaurante, que a tarde se prolongava em arrumações e desarrumações e que no final minhas pernas doíam, rígidas, e os pés também. Desde aquela manhã tentei ficar séria o tempo todo, mas ao me aproximar de uma mesa, se houvesse, por exemplo, comensais chineses, ou alemães amáveis e não amáveis, esboçava-se indistintamente aquele meu sorriso que poderia muito bem ser uma súplica. Passei manhãs e tardes tentando apagar esse sorriso serviçal e lamentoso. Dias franzindo a boca em vão. Alugava um quarto de um casal de aposentados no bairro Neukölln que parecia feito de papelão e papel machê, as portas e as paredes, sem outra calefação além de um forno velho, e pegava no trabalho às seis da manhã e saía às seis da tarde, fizesse frio ou calor, e o tempo todo eu com meu meio-sorriso, entrando e saindo do metrô, o tempo todo achando que talvez isso não fosse certo, mas eu teimava, e teimava, e era capaz de argumentar com mil razões com qualquer um que não acreditasse na autenticidade de meu ríctus e na justiça de minhas duas janelas.

Encosto a cabeça na relva e comprovo que não ouço mais a Terra, que parece ter parado, embora isso seja impossível.

Meu pai ainda era vivo naquela época, quando fazia dois anos que eu estava em Berlim e sete que partira de Buenos Aires. Mas não fazia tanto tempo que nos falávamos por telefone sem maiores censuras, ele me escondendo seus males e eu os meus. Me contava dos netos com pouca cumplicidade, pensando que as graças infantis não me interessariam. Como homem de ciência, receava cair no sentimentalismo, algo que fez muito poucas vezes na vida e que nunca ninguém tinha jogado na cara dele, nem eu na época, nem ninguém depois. Entre alguns silêncios e outras bobagens, íamos escondendo verdades um do outro. Ele perguntava no que eu estava trabalhando no momento e depois ria com terno sarcasmo, e repetia: “vendedora de batatas, de salsichas”. Divertia-se caçoando de mim. “Você é uma vendedora de salsichas”, insistia seu coração de naturalista ferido, que tantas ciências planejara para mim. E era um alívio poder lhe dar razão e aceitar, por telefone, a dezessete mil quilômetros de distância, comunicados pelo trabalho eletromagnético de ondas e satélites flutuantes, que ele sempre levaria a melhor sobre mim e os outros, e que sua ladainha sobre o movimento era um bálsamo, porque era antiga e porque eu a sabia de cor. Com setenta e oito anos, ainda físico e cético de profissão, ele me dizia não procure, que o espaço era vetusto como o éter. "Não insista porque não tem sentido", porque em nenhum continente, em nenhum outro planeta existia, sendo rigorosos, uma posição dessas a que estávamos acostumados, rigorosamente, nenhum lugar. Eu não queria ser rigorosa. E, no entanto, o que fazia? Assentia. A dezessete mil quilômetros de distância eu punha em marcha uma onda eletromagnética para lhe dizer que sim.

Mas não voltei por causa de sua morte, só depois, e para ver outro morrer. Porque depois de passar dez anos na Europa eu mal cheguei a Buenos Aires e em algumas semanas já peguei a estrada novamente, rumo ao sul. Quase fechei um círculo errático, e desisti. A quadrícula da cidade caiu sobre mim como uma rede, e comecei a pensar em ruas e alturas novamente, na trama do metrô e na respiração dos ônibus. Um de meus irmãos foi me pegar no aeroporto e concordou em me hospedar em sua casa, porque a nossa, de meu pai, minha e deles, tinha sido simplesmente leiloada para saldar dívidas. Era o que meu irmão me explicava enquanto tentava controlar um de seus filhos que, no banco de trás do carro, miava querendo um chocolate ou um refrigerante. Pouco se podia viver naquela casa de subúrbio, entre o material escolar e o silêncio da empregada doméstica. Todos desconfiavam que eu vinha de um suposto fracasso: isso era perceptível em sua condescendência e em suas perguntas vagas; a única coisa que lhes importava repetir era que eu não tinha vindo para o enterro de meu pai. Uma de minhas cunhadas repetia que, pelo menos, ele não tinha sofrido muito. "Não muito", dizia. "Não em demasia", aperfeiçoava-se. Falavam de meu pai como se ele fosse um móvel caro que ninguém quer. Perguntei se eles também faziam isso quando ele estava vivo, mas não entenderam, nem sequer conseguiram se ofender com a provocação. Para que brigar, se éramos bons e civilizados? Naquele domingo, uma semana depois de minha volta, ao folhear o jornal depois da batalha do café da manhã, descobri o anúncio dos campos de frutas vermelhas no sul; diziam que a colheita logo iria começar. Nessa noite apanhei minhas coisas, balbuciei uma explicação que a ninguém pareceu interessar e fui até Retiro para pegar o ônibus. Naquela noite não saía nenhum. Tem certeza? Nem de outra viação? Nada de nada, ou só até Santa Rosa. Dormi ali na frente, na avenida Libertador, num hotel de passageiros. No hotel fiz as vezes de estrangeira e até fingi sentir dificuldade em entender o castelhano do homem da recepção. Era ruim o fingimento? Era falso, embora me parecesse o cúmulo da autenticidade.

Comecei a farejar a noite e ouvi o lamento de um cão que estava com medo. Eu não. As revoluções terrestres haviam cessado. "Impossível!", diria meu pai.

A colheita ainda não tinha começado quando cheguei a Las Golondrinas. No corpo de bombeiros, voluntários me garantiram que era mais conveniente ou mais barato eu me alojar em El Bolsón, só que eu, mesmo antes de passar pelo apartamento de Madri que partilhei com o melancólico e com o pretenso cineasta, desde sempre desconfiei de artistas e artesãos, e o nome El Bolsón só me sugeria isso, ou coisas ainda piores. Me despedi dos brigadistas, que eram três, e atravessei a rodovia 40 até o sopé da montanha. Na primeira baixada, antes que o terreno empinasse, escolhi uma cabana tipicamente alpina, com móveis ruins, para aquela noite. Os donos diziam ser irmãos. Logo me confessaram que aquilo não era mais como antes, que ligavam o rádio para não ouvir os caminhões da rodovia 40 em sua descida ao fundo da cordilheira. Era um complexo de oito unidades minúsculas como a minha, cercado por um bosque de pinheiros. Cuidei desde o primeiro momento de não compartilhar nada com os irmãos barbudos nem com os vizinhos das outras unidades do complexo de cabanas. O que eram? Famílias que passariam a primeira parte do verão longe da cidade, casais que se trancariam naquelas barracas de madeira para perceber que não eram capazes nem de se separar nem de continuar vivendo juntos. Vendo-os ir e vir, eu afirmava que Las Golondrinas não era uma paragem propícia para acontecimento relevante algum, nem para se ter uma ideia, nem para se prometer alguma coisa verdadeira, nada provável, nem sequer amigável. Estava enganada. Era um bosque puramente de pinheiros, perfumado. Na cama a gente sonhava com fogueiras.

Ao lado já apareciam os morangos, mas ali havia vários voluntários alistados para trabalhar na colheita; me disseram que mais acima sempre precisavam de gente. Nessa mesma tarde fui até lá. Havia uma porteira e uma dupla trilha de terra desenhada no meio do pasto, por onde entrei. No final se viam três casas, duas bem próximas uma da outra e a terceira um pouco afastada, a nogueira encimando o pátio e embaixo da nogueira uma ovelha de focinho preto, amarrada, balindo. Parei e bati palmas, e então ele apareceu.

O repouso é uma forma do movimento, insistia. Meu pai gostava de sentenças, vivia desmentindo coisas. Pra cima de mim? Como esses e outros enigmas dele me irritavam! Tanto que, às vezes, ao levar o chá até a escrivaninha onde ele trabalhava, entornava-o pelo caminho enquanto atravessava a casa, e lá da escrivaninha ele falava do movimento e eu me apressava e ia queimando, pouco a pouco, os dedos.

"Como é que você vai fazer isso com a gente?", Julia gritou comigo. Estava braba pela primeira vez.

Mas anos depois, em Berlim, eu já aprendera a manter o pulso firme, tanto durante o trabalho no hotel medíocre, onde eu abria meu meio-sorriso, como, especialmente, no bar do centro da cidade, onde servia as xícaras mais quentes e cheias sem derramar uma gota. Até aquele momento eu já havia passado por vários empregos diferentes, tinha conhecido e morado em sete, oito, nove quartos, e em todos eles fantasiara ficar além da conta, porque não me conhecia o suficiente e não me convencia do que era, eu mesma não queria acreditar em mim. Antes de cair na interioridade e começar a chafurdar na própria lama, melhor seria arrumar as malas e inaugurar outra coisa. Na confeitaria de Berlim, na Friedrichstrasse, encontrei Julia. Ela estava de um lado do balcão e eu do outro. Aprendi a reconhecê-la em sua segunda ou terceira visita. Às vezes vinha com Kolya e o sentava no alto, numa das banquetas, para escândalo de boa parte da clientela, que murmurava seu descontentamento como se murmura o descontentamento em Berlim e em outras ricas latitudes: com o olhar, sem dizer uma só palavra. Kolya tinha uma cabeça amarela que sempre lembrava o verão e uns olhos redondos e russos que podiam levar alguém, em qualquer circunstância, a simplesmente cair no choro. Julia se interessou pelo meu caso; em sua simpatia, quando vinha ao bar e se sentava perto da máquina onde eu fazia os *espressos* e os *latte macchiato*, não faltava certa curiosidade clínica graças à qual, meio que *en passant*, ela me interrogava, enquanto Kolya comia feliz seu pão com manteiga, no qual afundava e sujava o nariz. E embora não fosse fácil manter uma conversação devido às constantes interrupções dos clientes, e fosse preciso repetir-se desajeitadamente para aproveitar cada momento que tivéssemos livre, soube por ela que era terapeuta pós-traumática, que tinha se separado havia pouco tempo e que acreditava na alma, na psique e, além disso, nem um pouco vagamente na humanidade dos homens. Falava com grandes ideias, e em sua boca as ideias eram belas. Um tempo depois de nos conhecermos, quando já dividíamos o apartamento térreo que dava para o canal e para a antiga fronteira do Muro, entre os bairros de Treptow e Kreuzberg, ela dizia se orgulhar de suas crenças e da ingenuidade, paciente e severa, que aplicava a seus casos clínicos e, para não me excluir, também a mim. Achava maravilhoso que lá, como ela se referia a minha antiga vida em Buenos Aires, eu tivesse estudado biologia e depois tivesse mudado para química, primeiro orgânica, depois não. O que os cloretos teriam de tão maravilhoso? Mas para ela, que acreditava no inconsciente e nos sonhos, os octaedros do silício não tinham importância. Não sei; talvez ela também tivesse se apaixonado por mim; um dia, em pé na cozinha do apartamento, bicando de noite nosso pão e nossa fruta como dois insetos enquanto Kolya dormia no quarto ao lado, ela me disse confusamente que era isso, e me convidou a cruzar os metros que nos separavam e deixar que me abraçasse. Mas eu, quando chorava ou ria, não o fazia em busca de um beijo ou de consolo. Não ficava nem escandalizada nem especialmente serena por Julia pensar que me desejava naquela noite, porque estávamos sozinhas e gostávamos uma da outra e Berlim teria sido o melhor lugar para esse amor. Se eu suspeitava? Não, dela jamais suspeitaria. Mas não cruzei a cozinha nem insisti para ela mudar de assunto; foi Julia que permaneceu no lugar, apoiada contra a bancada, e me pediu, como sempre, que repetisse minha lista de ofícios e postos de trabalho, porque gostava de me ouvir, porque minha amargura lhe parecia pitoresca, equivocadamente inofensiva, imagino.

Veio da montanha a cavalo. Era alto e primordial. Sem apear, me disse que era o vizinho lá de cima e perguntou pelo dono da casa. Respondi que não estava, mas ele já sabia disso muito bem; do contrário não teria se aproximado. Quem sabe estivesse bêbado; era o início de uma tarde de outono. Aproveitou a oportunidade para percorrer o pátio e deixar o cavalo despejar sua bosta sobre as calêndulas que tinham sobrevivido às primeiras geadas. Eu não falei "as calêndulas", mas devia ter falado.

"Minhas calêndulas amarelas!", ainda que não fossem minhas.

"Avise que da próxima vez que ele matar um cavalo meu eu boto fogo na casa dele", ameaçou antes de ir embora.

Às quatro ou cinco daquela mesma madrugada em que comecei a trabalhar como repositora na Ikea, já ouvi alguns boatos sobre a chefe de nossa seção. Mas se eu fazia alguma pergunta, ninguém tinha coragem de me dar detalhe algum. A confraria das mulheres também se manteve distante durante o café da manhã, do qual elas tanto se orgulhavam. Apertavam os dentes e mastigavam sem parar. Estavam orgulhosas porque era gratuito, pouco gorduroso, servido num salão de cores quentes e incontestavelmente limpo. Desde o primeiro momento se percebia que todas as filiais da Ikea no mundo tinham os mesmos salões de café da manhã, com as mesmas luzes e os mesmos móveis e o mesmo tamanho e a mesma disposição. Essa ideia narcótica do agradável era muito perturbadora para mim, e se em Málaga, na praia, recostada sobre uma toalha olhando o mar Mediterrâneo, eu sentia como ia me subindo pelos pés enterrados na areia a suspeita de que tudo aquilo era de cartolina, o mar e a música da água batendo nas margens, mais desconfiada ainda ficava do que via no salão-refeitório da Ikea, observando as mulheres da confraria escolherem seus doces e trocarem pareceres sobre as últimas ofertas de algum outro centro comercial. Um pouco afastado, com uma luz amarela que recortava perfeitamente sua cabeça, havia um homem maduro, turco, a julgar pelos bigodes, que fumava um cigarro atrás do outro e submergia, de quando em quando, seu bigodão na xícara de café. Nesse primeiro dia ele me fez um gesto convidativo, e assim que me sentei à sua mesa ele me ofereceu um cigarro, que aceitei, embora não gostasse especialmente de fumar. Por um tempo, ele ficou me olhando comer meu pão com geleia sem falar nada de interessante, fazendo as perguntas de praxe, que os estrangeiros trocavam como figurinhas, com uma curiosidade fingida. Ele fumava, em jejum, e a meia-voz reprovava o café, enquanto eu comia meu pão e estudava a consistência da geleia e certamente pensava nos frascos que meses antes tinham enfeitado as prateleiras da padaria e que os clientes me pediam com desespero, repetindo "um frasco de geleia, daquela geleia, por favor!", e eu dizia "o que será isso, um frasco, um grande arcano". E o turco me olhava de soslaio. Nesse mesmo dia, ou no dia seguinte, ele deve ter chegado à conclusão de que eu não lhe seria de nenhuma serventia, nem um pouco.

"Mas como é que você foi jogar as duas cadeiras e as toalhas e a lâmpada lá no canal?", Julia gritou comigo.

"Não aguentava mais aquelas coisas."

"Você não aguentava mais aquelas coisas!", gritou novamente. Depois acariciou meu ombro.

A gente trabalha, vamos supor, numa padaria. Daí aparece um padeiro. Não há motivo para tremer nas bases. Se um padeiro aparece com uma bandeja de croissants, menos ainda. Porque ele não traz uma faca nem uma pistola nem um pau ou uma escopeta, mas justamente e previsivelmente uma bandeja de croissants. De maneira que não há por que começar a tremer como vara verde. Todavia, era assim. Mas não era de medo, e sim de raiva, que meu corpo às vezes estremecia quando o padeiro entrava com sua bandeja de croissants ou, lá dos fundos, com uma voz de trovão, mandava me chamar.

O policial insistiu para que eu fosse dormir no povoado e não dei a mínima. Ontem tinha descido, e o resultado não havia sido bom. Olhava o cabelo dele cortado à escovinha enquanto ele se despedia, depois a mão grossa, de ferro, que ele me dava.

"Não entendo, pra que tanto trabalho?", dizia Alexander quando eu o deixava entrever, meio de passagem, que estava procurando um novo quarto onde esconder meus ossos à noite. Não tinha coragem de fazer esse anúncio para ele, só o murmurava no meio de uma conversa sobre os horários das aulas da semana seguinte, por exemplo, ou sobre o filme diante do qual ficaríamos em silêncio horas depois. Ele não entendia aquele empenho todo e eu inventava razões: o bairro era afastado demais, não havia janelas suficientes no quarto, a calefação uivava. Os vizinhos tinham olhos. Numa daquelas vezes, a última, ele sugeriu que eu me mudasse para seu apartamento. Estávamos no bar da universidade, defronte à velha praça de Heidelberg onde tomávamos nosso café. Sempre havia alguém sentado na borda da fonte, no inverno e no verão. Por que eu havia deixado de olhar para ele?, me perguntou Alexander. Não havia oferta melhor: o apartamento dele era espaçoso e tinha um quarto onde batia sol à tarde, e esse quarto seria o meu. Não haveria luxo maior. E novamente o grande rolamento da cabeça girando em falso em sua engrenagem, com um bom andamento, me levando a pensar que seria possível uma vida em comum com Alexander, besuntando mutuamente nossas torradas na mesa do café da manhã. O que mais uma mulher podia esperar, ainda por cima estrangeira? Um homem pobre, à primeira vista, mas bom, europeu com família em alguma orla da costa hanseática e com um Estado alemão por trás. Nessa época Alexander já me conhecia bem, e cuidou de me explicar que seria só um lugar de passagem, meramente provisório, que eu não tinha por que me preocupar porque, com o fim dos estudos, logo, logo, iríamos embora dali. Para onde eu quisesse, como eu achasse melhor. Nessa noite fomos ao cinema ver um filme antigo, muito provavelmente francês, durante o qual Alexander se extasiava e eu me chateava, pois, ainda que na tela uma mulher chorasse, e outra, ou um homem, repetisse "ela está chorando, ela está chorando", em minha cabeça, sob o rolamento seco do pensamento, as ideias giravam sem descanso. Todas eram falsas.

É aquela noite e ele entra e ela está no meu quarto, na minha casinha, vasculhando a cama, o armário. E ele pergunta o que ela está procurando. E ela deve dizer "meu colar". Depois ouvem ruídos, ele vai para a sala, e tudo o mais.

Anoto num papel qualquer a tabela periódica, com seus números atômicos e as abreviaturas comuns, hidrogênio, hélio, lítio: H, He, Li. É uma grande satisfação. Depois olho pela janela e lembro que estou em Buenos Aires, e que muitos anos se passaram, e deixo a vista correr pelos terraços cinzentos.

Ao pensar que uma vez que aceitasse ter uma vida em comum com Alexander nós iríamos juntos às compras, na Ikea ou em qualquer outro centro comercial, em busca de um móvel apropriado para um canto do apartamento, ou até mesmo de um novo jogo de pratos e talheres, e até de xícaras e copos, os mesmos que eu organizara durante manhãs inteiras meses antes, e mesmo que não fosse na Ikea, mas em outra loja, e mesmo que não fossem copos, mas cortinas ou qualquer outro desejo, um pedaço de carne que se contempla na gôndola do supermercado e depois se assa no mesmo forno de ontem, e de anteontem e da semana passada, ao pensar que seriam sempre e cada vez mais as mesmas cortinas e o mesmo forno eu falava isso para Alexander, e Alexander perguntava que mal tem que seja o mesmo forno e eu não respondia porque para mim também era um mistério, mas duro, como um chapéu de pedra que eu estivesse usando e não conseguisse tirar.

No entanto, na saída do cinema concluí que o filme era bom e topei ir tomar uma cerveja com outros estudantes, todos tardios, beirando os trinta e poucos, que como nós tinham saído indolentemente da sala e ficado na calçada meio indecisos, sem coragem de voltar para casa. Eram dois homens e uma mulher; um deles falou de um café na frente do rio Neckar, quase chegando à segunda ponte, e fomos para lá, caminhando pela avenida que corria paralela à margem. Quando nos sentamos no bar pude ver direito o rosto deles, apesar da iluminação ruim. E embora eu gostasse de Alexander e tudo o que fosse dele me parecesse familiar, inclusive seu apartamento, seu amor e seu mobiliário, aqueles amigos me inspiraram um enorme receio, sobretudo um deles, alto e atento, que quis saber por que eu trabalhava como estoquista de autopeças usadas a quarenta quilômetros de Heidelberg, se era verdade que tinha estudado biologia e ainda era capaz de recitar de memória a tabela periódica e um ou outro segredo da morfogênese. Por que não aproveitava a bênção da universidade? Não sente pelas bibliotecas? Sentia profundamente pelas bibliotecas, pelos laboratórios, eu lhe diria em castelhano para demonstrar meu ceticismo, com uma ironia demasiado fácil, talvez, mas no território de sua língua as sutilezas me estavam vedadas e tive que me conformar com dizer que não. Nos sentamos em torno de uma mesa iluminada por três velas. A meu lado, o curioso quis saber se eu tinha realmente estudado biologia ou se era só professora, ou se havia largado o curso pela metade, e enquanto eu examinava no menu a lista de cafés com licor e as tortas de pera e de maçã, ele insistia em perguntar se eu *era* bióloga, ou se *era* estoquista de autopeças usadas, talvez com ironia dessa vez, ou não sei se com ironia, mas com evidente deleite. Logo eles se enredaram numa discussão sobre as profissões e os ofícios, se eu *era* estoquista ou *trabalhava* como estoquista de autopeças etc. Os quatro estudavam ciências humanas e faziam a maior festa com essas minúcias verbais, e para a noite avançar ninguém mais precisou se ocupar de mim, nem da fábrica de autopeças nem de meu passado do outro lado do Atlântico.

Tinham ativado as argumentações, e a amostra biológica que eu representava podia ser descartada, agora, em gesto antisséptico. Alexander acariciava meu joelho o tempo todo, e eu deixava.

"Você devia ter ficado", Julia me recriminou. Para ela era muito fácil falar. Estávamos numa daquelas noites em que optávamos pelo jejum, na casa dela, em pé na cozinha. Como em outras ocasiões, sem querer tínhamos enveredado por uma conversa sobre assuntos distantes que não tinham nada a ver conosco, como o destino da senhora que morava ali em frente, ou a nova sapataria do bairro ao lado, na qual não pretendíamos comprar nada; porém, como por uma trepadeira nós íamos subindo, ou descendo, para assuntos pessoais, e como éramos mulheres e gostávamos, principalmente Julia, de confidências e de querelas perdidas, então começávamos a discorrer acerca de antigas intenções de gente que já não víamos havia muito tempo, seus amigos e amantes, no caso dela, e no meu caso os meus. Aí, quando era a minha vez e chegávamos a Alexander, ela sempre achava oportuno me dizer que diante do convite para irmos morar juntos, em Heidelberg e vários anos antes, eu devia ter aceitado imediatamente, me mudado no mesmo dia, não me custaria quase nada. Me instalar em Heidelberg? Onde quer que fosse, mas com ele, porque ela, Julia, tinha certeza de que ele me amara e de que eu, enfim, o que se podia esperar de mim, para mim teria sido melhor.

"Um homem que te ama desse jeito."

Afirmava ela, com repentino romantismo.

Deixava para trás suas batalhas pela libertação feminina, toda aquela equanimidade da qual se gabava para julgar os corações mentais de seus pacientes. Julia dizia então que era uma pessoa prática, além de sensata, e me garantia que aquela história com Alexander podia ter me curado. Do quê, se nunca estive doente? Dos sintomas que me atacavam, da síndrome da mala, do amor ao quarto alheio. Ficamos num impasse, reprovando-nos em silêncio por não nos entendermos. Fui para meu quarto e arrumei a roupa da manhã seguinte; pus a calça recém-passada no espaldar da cadeira, acomodei a camisa por cima, os sapatos ao pé da cama. Julia bateu à porta e entrou sem esperar resposta. Primeiro deu várias voltas pelo quarto e examinou as cortinas que chegavam até o tapete. Disse que estavam sujas e que poderíamos lavá-las no fim de semana, se o tempo estivesse bom. Depois se sentou na cadeira e apoiou as costas na roupa. Por que não íamos à festa para a qual havíamos sido convidadas? Um pouco antes tínhamos desistido de ir, mas Kolya podia ficar com a senhora da frente entre os tubos de oxigênio, e nós podíamos perder mais uma noite de vida. O que nos custaria? Ir amanhã cedo para o trabalho de olhos vermelhos, isso já tínhamos treinado. Eu disse que não, que queria dormir, que ela saísse, por favor. Mas não vesti o pijama nem apaguei as luzes; fui tirando aos poucos a roupa do armário e jogando-a sobre a cama, em pilhas e bolos, baixei as malas que estavam na parte de cima e desenleei umas bolsas que tinha esmagado na parte de trás. Quando já estava tudo guardado, inclusive os acessórios, os dois perfumes, o pano bordado que tinha pendurado na parede, só então, duas horas mais tarde, me enfiei na cama; embaixo da colcha, nada feito; sem a colcha, tampouco; mas não eram nem a manta nem a angústia nem a tristeza, eu não teria sido capaz de uma única lágrima; era o triunfo que me mantinha do lado de cá, com aquele triunfo na garganta, quem teria ousado dormir.

"Este colar", me disse Madame Cupin um dia em sua grande sala de jantar, "é uma delícia de outra época que meu marido me trouxe de Paris. Ninguém sabe onde eu o guardo. Mas pra você eu vou dizer, porque confio em você."

Entretanto, uma vez que se fechou a última porta e se sobreviveu ao último triunfo, entramos num trem, ou num táxi, ou num bonde e nos entregamos a uma antiquíssima inquietação, de ouro e prata, que entesouramos como moeda valiosa. O novo é sempre igual.

De volta à Argentina, anos depois, entendi o que Julia tinha querido me dizer. Fazia só duas semanas que eu me instalara na granja Del Monje, em Las Golondrinas, ao pé da montanha. A casa era antiga e cheirava a umidade. Havia uma mesa comprida na cozinha, um forno a lenha e móveis de várias décadas, alaranjados. Tinham me prometido que faria frio quando o inverno chegasse, e essa promessa me tranquilizou; meu coração, que não é bom, agradecia. No fundo, com vista para os hectares de pastoreio, ficavam os dois quartos. A cozinha e a sala envidraçada e cheia de plantas davam para o pátio, para a casa dele e, adiante, para a de sua mãe. Depois de apenas duas semanas na granja os cães já me conheciam e os gatos miavam para que eu lhes desse comida. Eu ia para o pátio e quem quer que estivesse zanzando por ali, até a ovelha amarrada sob a nogueira, se aproximava e em sua língua me pedia um naco de pão seco, como fazem os animais do campo regularmente, estejam ou não com fome, toda vez que surge uma oportunidade. Na tarde em que entendi o que Julia me dissera eu estava sentada à sombra do alpendre, observando a ovelha percorrer a franja de pasto que era seu território. Ela já estava balindo havia um bom tempo para que eu dividisse com ela uma das hortaliças que colhera e que acabava de guardar dentro de casa. Joguei para ela, antes, uma folha de alface, pois tinha a esperança de que ficássemos amigas. Eram três os campos semeados que faziam parte da granja Del Monje; do último, ao qual eu nunca ia, veio Marco. Levava a escopeta esquecida na mão como se fosse um pau ou uma corda. Aproximou-se de mim e a apoiou num canto em vez de entrar em sua casa e guardá-la, como eu o vira fazer num dos primeiros dias. Sorrindo, perguntou se eu estava satisfeita com o trabalho e se as ervilhas já estavam verdes; às duas perguntas respondi que sim. Convidei-o a sentar-se na cadeira livre, à sombra, em vez de ficar ali em pé, me olhando e sem cobrir a cabeça, apesar do sol. Não me deu ouvidos e continuou me falando das hortaliças que estariam no ponto amanhã ou depois de amanhã, e de como dividiríamos o trabalho com o peão, quem ficaria com as favas e quem com as framboesas. Esses detalhes me importavam cada vez menos; enquanto ele falava eu ficava curtindo suas feições, seus gestos, toda a sua figura. E os pimentões? E a alfavaca? E eu lá sabia? Falei uma vez mais para ele se sentar, mas ele só murmurou alguma coisa e se afastou, foi até a torneira de rega, lavou as mãos e os braços. Fazia um calor de fim de verão; só então, depois de se lavar, aceitou a cadeira e um copo d'água que eu trouxe lá de dentro. Me aproximei para entregá-lo e vi que sua camisa estava manchada. Falei para ele, que reconheceu que era possível que tivesse manchado a camisa porque tinha acabado de dar um tiro de escopeta num cavalo. Me afastei. Em que cavalo? No cavalo do vizinho. O loiro? Eu o chamava assim porque ele tinha uma longa crina ocre e dourada. O loiro, esse mesmo. Um tiro de escopeta bem dado na altura do coração, de pouca agonia. Agora o animal estava tombado em meio aos altos pés de milho.

Naquelas duas semanas eu me atrevera a acariciar o loiro, do outro lado da porteira, mais de uma vez, e lhe dera duas maçãs, que o cavalo agradeceu com um relincho. E agora ele se esvaía em sangue, alimentando a terra do milharal. Observei Marco enquanto ele bebia seu copo d'água e quis odiá-lo, ele e as manchas de sangue que desenhavam uma ou outra garatuja sobre sua roupa. Mas não consegui, e então soube que Julia, tempos antes, estava certa.

De tarde, por exemplo, se eu ficasse ouvindo música ou lendo alguma revista adolescente no meu quarto, meu pai aparecia para dizer que ia sair, e ao ver o sol que entrava pela janela do quarto perguntava se eu sabia que era de tarde só porque girávamos ao redor de uma estrela de alta luminosidade, girando sobre nosso próprio eixo, a mil e seiscentos quilômetros por hora. Não *era* de tarde, enfatizava. Havia uma estrela altamente luminosa e um corpo planetário marchando em sua elipse, onde, tempos antes, alguns homens tinham inventado o repouso. Depois atirava um beijo no ar e saía satisfeito.

Dos pães da padaria, em Heidelberg, os mais vendidos eram os de centeio e os de papoula. E embora já estivesse comprovado que eram os que faziam mais sucesso, eles ficavam sempre largados num canto das últimas prateleiras. Não havia nenhum bom motivo para que fosse assim. Isso eu entendi no ato: ficavam junto de uma imagem de centeio, junto de uma imagem de papoula. Dava para trocar as imagens de lugar. Eu as trocava pelas de gergelim. Depois punha tudo de novo no mesmo lugar.

"Girassol?", perguntava, porque os pães de girassol ficavam ao alcance de minha mão. "Não, centeio", "não, papoula", insistiam os clientes. E como não havia escada eu subia numa cesta e me equilibrava. Certa manhã vi o padeiro chegar ao salão de vendas, emergindo da área dos fundos, alto e embrulhado em seu avental. Nem sequer me olhou para desviar de mim. Foi até as prateleiras e, estendendo os braços, jogou os de papoula e os de centeio no canto mais afastado. Eu podia ter dito alguma coisa para ele, é quase certo, mas minha língua estava acuada em seu fundo desde meses antes.

No dia seguinte ele tomou conhecimento de minha existência e começou a me dar ordens. Embora eu tivesse sido designada para o salão de vendas da padaria e às vezes a dona me coroasse com uma touca branca para atender junto com as outras mulheres na confeitaria contígua, naquela madrugada o padeiro decidiu que me usaria em proveito próprio. Seu verbo preferido era usar; usava e abusava dele. Dizia isto é útil, isto não, o tempo todo, e revoluteava ferramentas pelo ar, ou pães que tinham saído defeituosos. Me fazia um gesto qualquer, cabeceava sem me dirigir a palavra e me levava para a sala de trás, onde ficavam os fornos e os outros mecanismos. As grandes máquinas misturadoras me fascinaram como monstros marinhos. Mas não me era permitido parar na frente de nenhuma delas, nem observar as paletas, nem os botões. Era preciso carregar as bandejas quentes e levá-las para a parte da frente, era preciso polvilhar as roscas e os croissants com açúcar. "A espátula!", gritava o padeiro lá de seu canto. A espátula, o pente, a levedura. Eu não sabia que coisas eram essas. Corria de um lado para outro e não me atrevia a tocar em nenhum utensílio, em nenhum ingrediente que me surgisse pela frente. O ajudante habitual se entediava vendendo no salão, com seu semblante seco e seus olhos fundos, e eu, que não servia, corria e perguntava da espátula, da farinha, do avental. O padeiro resmungava, reclamava e pedia. Pedia a pá e a espátula, e de mim não recebia nada. Tampouco pretendia me ensinar. Sempre dava um jeito para que eu não soubesse, por um bom tempo, a qual utensílio ele se referia, reclamando em sua língua cifrada. Me mandava para a parte da frente da padaria com uma bandeja e depois gritava, sabendo que eu tinha voltado e que não estava sozinho, "nem da farinha ela entende!", e uma vez comprovado que eu também não entendia da levedura nem do pente ele fazia um gesto para que eu saísse e o ajudante voltasse a seu posto habitual. A cena se repetia com frequência, e quando o padeiro se cansava de vez de mim e me mandava para o balcão, pouco depois surgia lá dos fundos, como o longo animal que era, atravessava a padaria e entrava na confeitaria onde se vendiam as tortas e os doces e repreendia, com inconfundível ostentação, sua pequena mulher. Ela se mantinha impassível e ele voltava resmungando, passava diante do balcão e mergulhava nos fundos. Era uma guerra lenta, aquela que o padeiro decidira travar contra mim e sua esposa, que tão convicta estava das vantagens de contratar estrangeiros. De tarde ele vinha muito sério e me pedia dinheiro do caixa, e me obrigava a fazer contas rápidas ditando números de grandes cifras, com centavos e vírgulas, que como uma chuva de insetos me caíam na cabeça e que eu não conseguia decifrar. Ele insistia, naturalmente, com seus quinhentos e oitenta e sete e quarenta e três centavos e tantos outros. E eu, que sonhava com matemática lá em Buenos Aires quando me cansava da biologia, agora, sob o olhar do alto padeiro, era incapaz de distinguir o trinta e dois do vinte e três.

Era um fogo assinado. Subia pela encosta da montanha como um rastro lento, só aparentemente aleatório. Marco saíra bem cedo naquele dia de fevereiro, a cavalo, com arreios e sem dizer uma palavra. Não eram raras as suas expedições, embora ele se resguardasse de empreendê-las quando fazia muito calor. Mas aquele dia prometia já desde o início um sol solitário, ardendo lá em cima, impiedoso em sua nudez. Ao meio-dia fui até o pátio para ver o fogo, que consegui, a duras penas, discernir; a tarde foi caindo e ele se tornou visível. À noite, quando Marco voltou, o fogo era uma longa rubrica brilhante que ia comendo pacientemente ciprestes e pinheiros e uma boa porção dos antigos pomares do vizinho bêbado, o da disputa das águas. Marco estava sujo e com a roupa um pouco chamuscada, no peito e nas pernas. Disse que tinham lutado contra o fogo e me pediu para dar de comer ao cavalo, que cheirava três vezes pior que de costume. Vi quando saiu de sua casa depois, e me aproximei. Estava com a cara de outra pessoa, furtivamente, aqueles olhos não eram os dele; com eles, não quis me olhar nem me dizer nada. Me deitei sozinha na casa levemente fresca no final do exaustivo dia de verão e pensei que naquela manhã Marco não tinha saído para apagar fogo nenhum, e sim para ateá-lo.

Se eu ficar, eu fico. Se eu for embora, eu vou. Essa evidência me apaziguava no começo, depois não mais. No começo eu pensava alguma coisa lógica e me tranquilizava. No começo eu pensava "é lógico", e ficava muito contente. Eu ia embora logicamente, para uma nova cidade e para um novo quarto. Da mesma forma, racionalmente eu ficava. Mas logo as razões cresceram tanto quanto um grande ramalhete. Eu me dedicava a contemplar com prazer todas aquelas flores razoáveis, de noite e de manhã, em Berlim e em Heilbronn. Digo ramalhete, mas duvido de mim mesma. Se tivesse um ramalhete e ele fosse de razões, eu gostaria de contá-las e desfolhá-las, mas as minhas não, as minhas eram sem pétalas e sem perfume.

"*Camelia sinensis*", falei para Alexander no dia em que o conheci. Alguma coisa inaudita estava acontecendo no bar da universidade de Heidelberg, que ficava na frente da praça: estavam sem café, e os estudantes, entre os quais Alexander não se destacava especialmente, nem pelo castanho nem pela altura, deambulavam com enorme desconcerto por entre as mesas do salão. Eu aproveitara tão pouco o tempo desde que chegara à cidade que nem sequer era capaz de saber que ali o *té*, nosso chá, era chamado, sem nenhum mistério, de *tee*. Ou talvez estivesse nervosa, por causa do barulho e das pessoas.

"*Camelia sinensis*", falei assim que ele se sentou à mesa, a meu lado, e notei que trazia um chá em sua xícara branca. Essa foi nossa primeira conversa. Alexander riu e me mostrou uma flor impressa num canto do menu; podia ser uma margarida, mas também algum tipo de calêndula: "*Calendula officinalis*", arrisquei. De súbito, ele ficou contente. Apontou para um fícus que crescia, a duras penas, junto da janela: "*Ficus benjamina*", foi minha resposta. Demoramos um pouco para perceber que tínhamos o espanhol em comum; ele pelo menos tinha cara de alemão, eu sempre fui de um tipo indefinido, como os cães de várias cruzas.

"Camélia?", insistiu. Fiz seu jogo uma última vez.

Ele me fitou com olhos diferentes enquanto tomava sua *Camelia sinensis*, falou com dois que passaram pela mesa e pararam para cumprimentá-lo, e até fingiu que não me conhecia e que nem tínhamos trocado aqueles latins antes de seus amigos chegarem. Depois voltou a tomar seu chá e a me observar. Hesitou durante trinta, quarenta e cinco minutos, e até por uma hora, sem dizer uma única palavra; mergulhou num livro que tinha a um lado e olhou um pouco pela janela. Não nevava nem havia sol, mas o verão de Heidelberg já tinha passado e o outono não estava sendo benévolo. Eu temia à distância as longas noites que o inverno começava a prometer.

Mas com Marco, já de volta à Argentina, na casa da montanha, não precisei de nenhum daqueles nomes. A horta em que trabalhei desde os primeiros dias me deixava muda, não me importavam nem os nomes latinos nem as famílias dos legumes nem as nervuras das folhas, nem a fotossíntese, nem as mitocôndrias, nem as ligações covalentes; se estivesse cansada, me sentava num tronco e esticava os pés; se estivesse com fome, roubava uns morangos, lavava e comia uma cenoura; se frio, me agasalhava; se sono etc. E com ele também foi assim desde o começo, quando cheguei naquela tarde à granja Del Monje e entrei pela trilha de terra e bati palmas. Ele me deixou trabalhar no dia seguinte na plantação de morangos com os outros colhedores, e quando os morangos começaram a rarear passamos a juntar vagens e a separar ervilhas. Eu não sabia que a terra podia ser uma alegria, e talvez tampouco saiba agora, mas tenho essa impressão, e acho que é; eu não pensava nos coleópteros nem nos agentes de polinização. Marco nos dava ordens e desaparecia, a cavalo ou caminhando, no campo ao lado; voltava sem aviso, vinha a passo, em silêncio, e depois o encontrávamos na casa, quando pagava a diária. Perguntei se havia algum quarto livre ao vê-lo se despedir de dois inquilinos que tinham ficado lá durante o verão e me mudei para a casinha do meio assim que o tempo começou a mudar. Eu tinha passado dez anos fora, meu pai morrera. Agora minha única família eram meus irmãos, que ainda amparados na vida cotidiana lutavam cada um a seu modo pela triste normalidade. Assim que cheguei a Buenos Aires eles me perguntaram o que foi que você fez, esses anos todos que passou fora? E meu pai morto, sem sombra de dúvida. Mas ele, nada, Marco não quis saber nada de mim quando cheguei à granja Del Monje e me mudei para a casinha do meio, entre a de sua mãe e a dele, com a nogueira caindo sobre o pátio. Ia fazer frio no inverno, ele me disse. E isso me reconfortava, como uma boa promessa.

Sob uma tenda árabe, no mercado, um homem me vende um doce de coração verde.

Mas em Heidelberg o frio era estrangeiro e eu não gostava da neve; rapidamente ela perdia a graça. Ocultos sob pirâmides de gorros e cachecóis, todos pareciam estar empesteados com alguma coisa e suspeitavam da peste dos outros. Eu me levantava às três da manhã, às vezes às duas e meia; me agasalhava e passava creme no rosto e saía de noite para chegar às quatro ao grande centro comercial da Ikea. Na entrada, o turco fumava seu cigarro debaixo de um poste, entrecerrando os olhos e mordendo o bigode de vez em quando. Ignorava todos nós se o cumprimentássemos e jamais, fizesse o frio que fizesse, do mais seco ao mais abjeto, úmido, nublado, ele usava gorro ou chapéu. Eu me prometera muitas coisas a respeito do trabalho na Ikea que não conseguia cumprir: todos gostavam do uniforme e do logotipo amarelo da empresa, eu não; todos estavam contentes com o café da manhã, menos eu; embora ninguém reclamasse da música, eu reclamava em silêncio quando podia e às vezes simplesmente comentava: "Essa música!", sem usar nenhum verbo, o que seria temerário, e sem arriscar uma entonação, porque diante disso qualquer um deles, as mulheres da confraria ou os mais jovens, respondiam: "Que música?", e se eu a indicava, diziam: "Ah, é, é uma música linda". De vez em quando as mulheres da confraria me aconselhavam a sentir medo. Por causa de um copo? Sim, era preciso sentir medo por causa de um copo quebrado. A chefe, que era minha sem que eu nunca a tivesse visto, chegaria pouco depois do café, e embora eu tivesse escondido os três copos quebrados e o prato também, as mulheres da confraria sabiam. Durante o café eu fumei com o homem de bigode, ele escondendo o cigarro a cada pitada, eu abertamente, tremendo com certa lentidão. Mas medo eu não sentia, nem na hora nem depois. A chefe era uma mulher loira, de cabelo curto, com lenço no pescoço e uma boa quantidade de anos mal maquiados. No mundo dela eu não existia, mas o turco sim. Foi chamado por seu único nome quando chegou a vez dele: "Turco, venha cá!". O homem dos bigodes, que naquele momento se curvava diante de uma pilha de toalhas não distante de mim, largou sua cesta e marchou sem militância até a seção de cozinha. Não sei ao certo se falaram dos copos quebrados. Minha língua, como se sabe, dormia seu sono em castelhano. Continuei amassando almofadas. O turco voltou mais tarde e me disse ao passar: "escravidão moderna". De repente parecia um homem de mil anos. A supervisora começou a gritar porque em dois minutos os clientes chegariam ao salão e nós, os repositores, devíamos ser como fantasmas, antes que alguém nos visse tínhamos que desaparecer, imediatamente. "Vamos, fantasmas!", gritava a chefe. O turco me ajudou no que faltava fazer, que não era pouco. "Já são dez horas!", insistia ela. Era preciso sumir da vista. "Nenhum de vocês existe!", cantarolava a supervisora. E ele resistia, ficava por último, mas eu obedecia com prazer, porque já na época sabia da malvadeza de meu coração.

E se eu dizia para a Julia, postada atrás da máquina dos *espressos*, embora vira e mexe viesse um cliente me interromper, mas se quando dava eu dizia para a Julia que fazia sete anos que tinha saído de Buenos Aires para morar primeiro em Madri, e em Almagro, e em Málaga, e em Heilbronn e em Heidelberg, e agora em Berlim, e que nunca consegui permanecer em nenhum povoado nem em qualquer cidade, nem mesmo, realmente, em algum quarto, porque as pessoas, porque as portas e as janelas, enfim, se eu dizia isso ela sorria com muita benevolência e me garantia do outro lado da máquina de *espressos* que em Berlim tudo isso teria fim, que por suas mãos eu teria algo definitivo com o nome e o número de alguma rua.

"Apareça lá em casa", dizia ela. "Você vai gostar muito do Kolya."

Eu queria responder que só a presença de uma criança de três anos numa casa qualquer era motivo suficiente para que eu não pisasse nela nem me atrevesse a me imaginar nela, mas quem é que teria coragem de impingir a uma mãe, atrás da máquina de *espressos* e em meio àquelas interrupções todas, uma frase desse calibre, mesmo que fosse verdadeira? Eu não. Então menti e disse que adoraria, só para ela ir embora e mais tarde eu dar uma desculpa qualquer, mas Julia ficou especialmente contente e falou de Kolya com muita compaixão, dizendo que era um menino solitário, que precisava de carinho, que tinha sido abandonado, que sofria etc. Julia vai embora e a gente fica atendendo outros clientes. Julia saiu há um tempinho e a gente limpa a máquina de fazer café. No dia seguinte a gente faz a visita, conhece a casa junto do canal, observa Kolya brincando com uma bola. A gente pensa que odeia Kolya e odeia Julia, mas isso é mentira.

Está entardecendo e vejo que um último sol vem se refletir no machado, que ficou jogado num canto, embora o pátio esteja limpo. Acho estranho vê-lo ali. Me pergunto se ele não deveria ser guardado. Mas imagino que Marco saiba disso. Ele faz tudo conforme um código próprio, do qual nunca duvida. Alimenta ou destrói, um cavalo ou uma árvore. Vai sentenciando em silêncio sobre vida e morte, e cada pasto, cada ovelha que deixa em pé. Vê-lo cortar lenha ou arrancar uma planta é como entender uma fórmula muito difícil, ou demoradas reações químicas.

Meu pai, que desde a morte de minha mãe se dedicara com risível submissão à física, tinha o costume de negar coisas. Eu não tinha esse costume, mas o aprendera... Então o tinha? Estava no jardim de infância quando ela morreu, e desde aquela época, ou desde antes, volta e meia eu recebia de meu pai uma lição de negações, que nunca era programada nem anunciada: vinha, como a educação lá de casa, misturada com a comida e a bebida, sempre meio que de passagem e sem maiores insistências. Ele simplesmente gostava de tingir de dúvida tudo aquilo em que eu começasse a acreditar. O azul do céu? Um efeito dos gases da atmosfera e da luz do Sol. E lá fora, no espaço, fazia duzentos e setenta graus abaixo de zero. E só de olhar para o Sol? Queimaríamos vivos. No entanto, ele não fazia tudo isso para me inculcar o ceticismo nem para arruinar com embates de ironia meu castelinho da felicidade; era um ingênuo em sua sagacidade, um magarefe das boas intenções. Nos fins de semana íamos praticar canoagem no rio e tomar sorvete na avenida Maipú. Os carros que víamos passar convertiam energia química em energia cinética, e as árvores também se valiam da gravidade para ficar quietas porque, apesar das raízes, sem a gravidade elas flutuariam. De noite era inevitável sonhar com essas árvores flutuantes.

Despenduramos as cortinas e lavamos as cortinas. Era domingo, havia tempo, e tempo bom. Berlim parecia um mamífero deitado ao sol. No entanto, em minha garganta havia uma pedra.

O padeiro também praticava, a seu modo, a negação. No início de meu trabalho na padaria da rua só para pedestres de Heidelberg, eu tremia se a voz dele trovejasse ao longe e ele mandasse me chamar; mas com o correr dos meses comecei a desejar que ele fizesse isso, e até que fosse injusto comigo e me provocasse com seus comentários, como quando, por exemplo, se eu me negava a descarregar só com as mãos os pães recém-saídos do forno, ele dizia que o calor que me queimava os dedos era um lance puramente psicológico.

"Você não entende nada", respondia ele, o ignorante, e uma parte de mim gostava de lhe dar razão. Porque, como já disse, meu coração não é bom. O padeiro desprezava o confeiteiro e adorava repudiar a dificuldade das tortas e as vantagens da democracia. Não era velho, mas, se fosse, em outros tempos teria usado os braços para carregar fuzis e matar judeus e ciganos. Seu pai lhe ensinara seu ofício; era um homem amável, que passava de vez em quando para admirar a labuta do herdeiro e levar o neto para passear. Aquela vida em família dava uma certa pena, mas com os meses fui me acostumando. Chegava cedo, de noite, e organizava minuciosamente os frascos sem saber como se chamavam nem que frutas continham. Organizava, construía torres, e a ordem era uma certa, e confusa alegria. Depois o ajudante surgia lá dos fundos de avental na cintura e deixava cair uma chuva de pães na última prateleira. Às seis e dez entrava o homem do lixo, um gigante que me impingia sua charada duas ou três vezes, e que num gesto de compaixão finalmente me mostrava os pães que queria indicando-os com o dedo. Eu dizia os preços com espanto, desafinando o idioma como um violino ruim. Mas eu gostava e isso me bastava, ainda que ao voltar para casa — um quarto qualquer, entenda-se — minhas pernas doessem quando eu me deitava. Primeiro foram semanas, depois meses, e meu coração se iludia, finalmente acreditava valer alguma coisa.

Esse longo e sensato equívoco, o passado. Durante anos eu soube que estava equivocada, mas sempre pelo caminho mais difícil. Isso me redimia. Agora, não mais.

Viajei para a colheita, rumo ao sul, no mês de novembro. Por quê, se nunca me interessei pelo campo antes? Uma noite me arranquei da casa de meu irmão e com uma simples mochila de passageiro clandestino fugi, ou pensei ter fugido, pois na verdade ninguém me perseguia. Fingindo fugir, peguei um ônibus em Retiro, depois de não pregar o olho no hotel de passageiros, com destino a El Bolsón. Morei na cabana da baixada. Depois fui para a casinha do meio na granja Del Monje, onde Marco, por assim dizer, para cairmos no sentimentalismo, onde Marco, digamos, já estava me esperando. No começo ele não falava (depois também não falou muito); mas ele era assim mesmo, às vezes vigiava e às vezes matava cavalos, enquanto nós, os colhedores, apanhávamos morangos e framboesas na plantação. Consegui que a casinha do meio ficasse para mim. Ele não dizia mais do que três palavras: parece que sim, é necessário, não precisa. Eu o observava lá da minha janela, se estivesse na casinha, e do campo, se estivesse colhendo e ele passasse para verificar as cestas com frutas. E ainda que não soubesse bem por quê, e ainda que estivesse frio, e ainda que Madame Cupin rondasse pelo pátio com sua bengala, com o tempo comecei a permanecer ali, docemente, como sob uma boa música, apesar do trabalho duro e da câimbra nas pernas quando, de noite, eu me deitava no colchão vencido. A mãe de Marco me observava da varanda de sua casa de madeira tanto quanto eu observava Marco e a ovelha de focinho preto, percebi isso uma tarde, na hora da sesta. Vivia de costas para o pátio que reunia as três casas, agachada, aparando capim novo e intruso em seu jardim. Os primeiros turistas, que chegaram em dezembro, a admiravam de longe como uma atração mais. Evitavam-na e se aproximavam para que eu lhes mostrasse a horta e lhes vendesse frutas. Enquanto eu fazia os embrulhos eles me interrogavam não sobre os segredos das hortaliças, mas sobre aquela mulher, que roupa!, que jardim o dela!. Eles admiravam Madame Cupin e eu não tinha nenhum receio; eu a considerava terna, às vezes, e às vezes maliciosa. Um dia ela passou na frente da minha casinha, bateu na porta e me disse lá de fora:

"E aí? Quando você vem me visitar?"

Como se algum dia eu tivesse prometido isso. Exalava perfume e as rugas de seu rosto eram um adorno mais de toda a sua figura. De noite ela devia tirá-las como os brincos de pérolas e os anéis; imagino que tivesse vinte e cinco anos quando fechava os olhos na cama. Ela me cativara, muito mais que a ovelha de focinho preto e que a nogueira que se curvava sobre o pátio.

Eu tinha tantas peças quanto um jarro quebrado, e nunca houve forma de uni-las nem de contar um por um os restos da porcelana. Se eu ao menos conseguisse me conformar, e cantar como Julia, ou lutar como Alexander em sua armadilha da liberdade. Mas eu estudava um escaravelho verde, ou saía na ponta dos pés para não fazer barulho e dar comida aos gatos. E nem pensava, nem isso era um consolo.

Sentados no café em frente à praça, em Heidelberg, a poucas quadras de onde anos antes trabalhara com o padeiro vendendo pães de papoula, era um prazer conversar com Alexander e passar horas naquela caverna em que a língua castelhana se transformara para nós. Ele a aprendera na Castela de origem, mas a boa sorte o fizera conhecer equatorianos, chilenos e peruanos no exílio, e ele falava uma versão edulcorada e cuidadosa do idioma em que passávamos juntos cada vez mais tardes. Uma hora primeiro e outra hora depois. Quantas? E ele tocava meu joelho por debaixo da mesa. Voltara havia pouco de uma das viagens que fazia para pensar; como das outras vezes, ele se calava a esse respeito e me falava da universidade e das aulas e de todas essas baboseiras estudantis, sabendo que elas não me interessavam, embora mencionasse o pouco que conhecia de química e de botânica. O abracadabra de *Camelia sinensis* não funcionava mais. Dedicava-se com sofrida satisfação às ciências humanas, ele, que por ser europeu sonhava em virar cidadão do mundo. Mas aos trinta e cinco anos já estava cansado das suspeitas. Seu espírito crítico fraquejava junto com a esperança. Não desconfiava, como aos vinte anos, de Deus e das instituições; já começava a abandonar alguns livros e a considerar com bons olhos os trabalhos graças aos quais poderia pagar os impostos para quando não os tivesse. Não estou dizendo que subiria, naquela época, na roda sem fim do roedor; ele, que era tão cioso de sua liberdade, ainda estava atento, no meio de sua trintena. Ia da biblioteca para casa e da casa para as aulas noturnas; as tardes dedicadas à exceção, passava comigo no café. Foi adquirindo uma rotina de funcionário. Por que falar com certa maldade de Alexander, embora o tenha amado? Por tê-lo amado? Meu coração não melhorou com o tempo, apesar da bondosa Carmen e da bondosa Julia, de Alexander e do sexo, de Marco e de sua morte. Devo estar pior, me julgo. Devo ter piorado, quando pensava estar melhorando. Porque naquela época eu só via um homem jovem com ânsia de saber, com a Europa pesando sobre um ombro (o outro pensava que era livre) e a vontade de passarmos as noites juntos. Eu me deixava levar até a casa dele para que ele tirasse minha roupa e me falasse das bondades do meu corpo. Depois suas sutilezas acabavam, mas era um grande cirurgião do sexo, um alquimista precioso, e tinha a paciência dos bons botânicos. Eu observava como todo o continente da Europa inclinava seu ombro para baixo mesmo quando ele tirava a roupa da civilidade. Nu e simiesco, continuava sendo um filho do Ocidente, e ele mesmo dizia isso, sou filho da Europa e do Ocidente, e por esse caminho ele pensava que poderia assegurar sua tão prezada liberdade. Estava convencido de que para pensar sobre a liberdade era preciso ser livre, e praticá-la, como uma sonata ao violino ou como as artes marciais. Ia à Floresta Negra e voltava da Floresta Negra. Essas eram suas grandes práticas. Partia meio compungido e voltava só um pouco sorridente. Voltava e se instalava em sua casa como se nada tivesse acontecido, pedia e tinha sexo, pedia e tinha comida, tinha livros com a maior naturalidade. Tomava em longos sorvos a vida cotidiana e me oferecia sua bebida e insistia, em seu castelhano de veludo, "vamos, venha, beba", e eu aceitava, na ilusão de estar tomando poções mágicas.

Na fábrica da ABB, a uns quarenta quilômetros de Heidelberg, discuto com um polonês que só aparece para trabalhar quando precisa de dinheiro; no resto do tempo ele estuda na universidade de Varsóvia. Diz que sou uma boa escrava, que não colaboro para a causa. Primeiro eu me ofendo, depois me defendo; mais tarde, dou razão a ele.

Tentei explicar a Julia na cozinha de Berlim. Para ela a vida de uma pessoa era um roteiro cheio de causas ocultas, e ela gostava de descobri-las e inventá-las em pé diante da bancada, mordendo uma fruta ou um pão, como já disse, nas noites em que preferíamos não jantar, quando Kolya estava dormindo, quando como dois pássaros, e assim por diante. Como em tantas outras noites, naquela foi a pedido de Julia que comecei a falar de Alexander e de tudo o que tinha dado errado, mas ela não reagia como em nossas outras conversas. Olhava de lado e tapava a boca ao comentar e ao responder. "Por que não, se você gostava dele?", meio que sugeria, distraída e conferindo sob as bochechas o estado dos dentes. Eu estava vendo alguma coisa? Uma mancha vermelha a um lado da boca, admiti. Ela me confessou que naquela tarde alguém lhe dera um soco na cara. Era seu dia de hospital, no resto da semana atendia no consultório. Vê-la atrás de sua escrivaninha de teca negra, cercada por seus quadros e suas luzes tênues como a vi uma vez, era confiar nela imediatamente. Julia parecia encarnar em seu cenário a consagração do entendimento, uma espécie de santa dos psicanalisados, se isso pudesse existir. Era tão soberana, e às vezes tão indecifrável, e no entanto acreditava no amor e na felicidade, e no entanto alguém lhe dera um soco e até deixara um dente mole, um incisivo, de um lado do sorriso. Com as horas o golpe foi piorando. Tocava-se constantemente e se recusava a pôr gelo. Já se passara uma semana desde a noite em que, triunfal, eu fizera as malas para partir, mas ainda estava na casa dela como se nada tivesse acontecido, o que, dizem alguns, é mais que verdadeiro. Tinha feito as malas e posto o cadeado nelas antes de escondê-las na última prateleira do armário. Tive dificuldade em erguê-las, cheias como estavam, naquela noite em claro. Durante a semana dera um jeito de não abri-las e ficar com a roupa que estava usando, e ainda tinha esperança de ir embora e acabar com tudo — também com Julia? Com Julia, com Kolya, com Alexander e sua lembrança e também com dona Carmen, a de Almagro, e ainda com Málaga e Heilbronn e até com meu pai, que tinha morrido, segundo diziam, justamente no dia anterior. Jogar sobre todos um manto grosso de desprezo e sair feito nova para ver homens e edifícios novos, e também tristezas e alegrias, em trabalhos e quartos e sob outros ventos que me soprassem na nuca. O Caribe ou a estepe russa, limpar banheiros ou zelar pelos quadros de um museu, ou dar banho em cães, ou vender sorvete numa praça não davam na mesma, e no entanto — fazer o quê? O repulsivo e o brilhante, tudo me dava esperança. E nessa noite comíamos em pé, como em tantas outras ocasiões, uma maçã e um pedaço de pão preto enquanto trocávamos impressões sobre o progresso do pátio interno do edifício, que estava sendo pintado de branco, ou da vizinha da frente em sua doença, mas Julia falava virada de lado e sem ânimo, e nem mesmo me recriminava com firmeza aquele lance de que eu nunca soubera amar de verdade nenhum homem, não, não falava com a soberania habitual de sua língua, mas com metade da boca, e a mão insubmissa esfregando a face. Eu queria saber o que tinha acontecido com ela? Seria possível que eu não ligasse a mínima? Eu ligava para o gelo que ela não concordara em aplicar e para a maquiagem que seria necessária no dia seguinte. Uma mulher lhe dera um soco na cara durante um empurra-empurra, quando estavam tentando tranquilizá-la com algum meio químico, e a mulher resistindo. O punho tinha sido muito preciso ao se chocar com a boca de Julia. Com um anel que tinha gume. Uma mulher a acertara com um golpe de homem; dera um soco nela, que era pura compreensão, nela, que era a santa dos doentes mentais, nela, que acreditava nas razões e na felicidade alheia. "Nós íamos ajudá-la. Tínhamos um programa." No começo a mulher havia jogado os punhos em todas as direções, mas em Julia batera com luxo de detalhes, como se cravasse, incisiva, um alfinete num lábio. Ah, Julia, sua compaixão havia caído por terra, e enquanto me falava do punho desenhava-o uma e outra vez sobre o rosto.

"Fique tranquila que eles voltam."

"Quem?"

"Os males", me disse com delicada aflição um dos irmãos das cabanas, vindo lá de baixo para comprar cerejas porque as dele tinham sido atacadas por uma larva paciente e laboriosa, que ele tirou do bolso e me mostrou. Falamos de seus pomares e condenamos o fogo que havia queimado os do vizinho mais de cima dias antes. Ele disparou outras três ou quatro sentenças antes de ir embora, dando piscadelas, sem nenhuma pretensão de me intimidar. Dava para notar que mais de um na montanha acreditava que Marco assoprara o incêndio em vez de aplacá-lo.

"Você não está parado. O repouso é uma forma de movimento", falei para um homem que fazia meses que estava quieto e prostrado, em repouso em seu quarto. Para um homem velho e doente. Com as mãos e os pés inúteis.

Para meu pai? É possível. No telefone devo ter dito isso para meu pai, a dezessete mil quilômetros de distância. Isso foi numa quinta. No dia seguinte ele morreu, e Julia chegou em casa com a boca machucada.

"Você", vociferou Madame Cupin na minha direção uma tarde em que se aproximou de minha casinha. Fazia meio ano que eu morava na granja Del Monje, perto dela e de seu filho, sob o nariz da montanha agora nevada. "Estou enganada ou já lhe falei alguma vez de minhas pérolas? Porque eu as procuro, procuro, e não estão em nenhum lugar."

Desde o início do relato de Julia entendi os motivos da mulher do soco. Com muita precisão, segundo Julia, tinham batido nela, com o avesso exato de uma carícia. Eu também havia sonhado com socos e bofetadas mais de uma vez. Uma para o padeiro de Heidelberg, por exemplo, que me ditava números e os fazia chover sobre minha cabeça. Para a chefe de repositores do grande centro comercial. Ou para meu pai. Ou para um certo manual de química orgânica que joguei pela janela. Não uma bofetada das que apagam insolências, mas a do soco bem dado, que machuca. A louca, me disse Julia, estava tomada de uma força mongólica e não reagira por causa da injeção, já hasteada por uma enfermeira, e sim por causa da declaração de Julia, de que só estavam lá para o bem dela. Julia dissera "planejamos" e dissera "programa". Na hora, uma dessas duas palavras provocara o golpe na boca da terapeuta, uma dessas duas ou, quem sabe, a varinha mágica do "bem". Uma vez imobilizada, a mulher gritava que não. Como eram fáceis os loucos de Julia, não era preciso queimar nenhuma pestana para entendê-los. Fitei-a com olhos novos. Ela era linda demais para que alguém batesse nela. Mas por que não? Dar um murro na boca da beleza. A mulher tinha sido imobilizada e levada para seu isolamento, arrastando todo mundo pelo corredor, como um trombo, como um planeta à deriva, se batendo de encontro às paredes.

Nós, quando trabalhávamos como repositores, quando éramos repositores da Ikea, nos comportávamos como planetas obedientes e cada um girava em sua órbita, sob o regime gravitacional da chefe de nossa seção. Da cozinha à decoração de interiores, da arrumação dos pratos aos lençóis, passando por todas as seções de produtos para uma casa europeiamente perfeita. Mas o turco não. Qual era o nome dele? Fatik? Vá saber. Eu detestava que o chamassem de turco e o chamava de turco. Uma garota nova tinha entrado, da Ucrânia ou da Letônia. Muito loira, muito sem-sal. Não se uniu às mulheres da confraria nem quis saber de nada comigo, mas adorava o turco e às vezes até, se ele permitisse, durante a pausa lhe roubava um cigarro e acariciava seu bigode. Se entendiam muito bem;

as confabulações não demoraram a aparecer. Eu os via se afastarem de manhã por um momento, quando entrávamos no salão de vendas para arrumar o que nos coubesse naquele dia. Na pausa do café da manhã os dois trocavam piscadelas e sinais meio desnecessários, pois, fora eu, ninguém mais prestava atenção neles nem se interessava pelo que tivessem para conversar. Falavam, quando o faziam, num alemão ruim, para falar mal dos alemães. Eram isto e aquilo, e nossa chefe o epítome dessas misérias. Eu concordava com eles ponto por ponto, mas não tinha coragem de lhes dizer isso. Às vezes, quando coincidíamos na mesa do intervalo, eles compartilhavam comigo uma ou outra ironia que beirava a grosseria, acompanhada de algum gesto para que eu pudesse entendê-la. Desde que aquela aliança tivera início apareceram mais copos quebrados e mais colchas desfiadas. No início o trabalho que eles empreenderam foi sutil, e era divertido imaginar em que momento exato da rotina eles dariam uma escapada para perpetrar suas sabotagens. Os dois poderiam ter passado longos e preciosos meses daquele jeito, ela sem dúvida, e mais ainda o turco, que, embora continuasse fumando como um asceta seu cigarro de todas as madrugadas colado à porta de acesso, e, sem gorro, nem cachecol, parecia passar o dia fazendo o maior esforço para não cair na mais completa alegria. Como ele tinha cerca de cinquenta anos e eu apenas vinte e quatro, me parecia que sua nova alegria só podia resultar de uma revanche contra o tempo, de alguma coisa que ele tivesse recuperado. Estava enganada. Vi-os arrancando as orelhas de certos ursos de pelúcia trazidos da China.

Sempre dois ou três, ursos e copos, fingindo, com arte, um acidente. Eram bobagens e eles sabiam disso, mas por um tempo se divertiram assim. Nunca me convidavam para agir com eles, e se o tivessem feito eu teria dito não; meu coração não dava para isso nem nada. Eles poderiam continuar assim durante meses, com aqueles subterfúgios perfeitos; mas ela estava ansiosa. Não foi ele, mas ela quem deve ter insistido para dar um passo mais.

Às vezes, depois do amor, Alexander acariciava minha cabeça como se eu fosse um cão.

E eu era um cão.

Eu a vi recortada sobre o fundo de árvores, atrás da casa. Lutava com uma perna rígida que ficara presa no barro, porque tinha chovido noite e dia, dias e noites a fio. Estávamos no início do outono e eu não tinha medo nem do frio nem da neve que começaram a se gestar em alguma parte. A perna dela estava enterrada até a panturrilha e a bengala mais um pouco, e um dos gatos a contemplava do alto com ominosa indiferença. Confesso que não corri para ajudá-la. Como o gato, observei-a por um momento antes de me aproximar. Ela era elegantíssima, até para se enlamear e para dizer que não. Lutou sozinha, agarrada a um galho que estava ao seu alcance, e não quis nem que eu sujasse meus sapatos. Depois caminhamos juntas até a varanda de sua casa, comentando o tempo instável, que já vitimara várias plantas do jardim. Ela desapareceu por alguns minutos no interior da casa para se trocar, depois voltou renovada, recendendo a água de rosas. O living e a sala de jantar foram uma grande surpresa para mim; era a primeira vez que via aqueles móveis antigos e aqueles tetos de pé-direito duplo num local tão afastado como Las Golondrinas. Madame Cupin descobriu meu assombro e me disse que fora casada em segundas núpcias com um francês, amante do mobiliário clássico e das apostas. Trinta anos antes ele mandara vir da Europa o interior completo de um casarão familiar que havia herdado. Agora viúva, a mãe de Marco passeava entre os velhos espelhos como uma dama de outro século, ainda que a bengala fosse tosca e o uísque que me serviu fosse nacional. Tomei dois goles e o deixei de lado. Ela, sempre acomodando a perna rígida, perguntou se eu tinha gostado da colheita e se conhecia, quando elogiei a decoração, as terras do velho continente. Respondi que sim às duas perguntas, tentando não me aprofundar em nada do meu passado, mas ela se interessava por minha família, pela profissão de meus pais, em suma, pelo tema de minha procedência. Concedi-lhe algumas coisas e ela parou para falar do pouco que sabia de química e biologia. Monsieur Cupin fora um homem de grande cultura, comentou, embora não houvesse na casa nenhum livro à vista. Ela degustava seu uísque e avaliava os escassos benefícios de eu ter que trabalhar no herbanário do povoado para pagar o aluguel que ela e o filho me cobravam, depois me aconselhava a não fazer mais isso, aquela gente — qual? — não era de seu agrado. Antes de se despedir, falou que já entregara os pontos no que dizia respeito ao filho, que sabia que ele ficaria sozinho. Casamento não era para ele.

"Marco é bom demais, sabe?"

Apertou minhas duas mãos e me deu um beijo demorado na face. Quando fui até a porta de trás já estava escuro, e bati em alguma coisa antes de conseguir sair.

"Ah, o machado", comentou ela. "Nos últimos tempos ele o larga em qualquer canto."

Kolya abraçou minha perna. Estávamos sozinhos. Julia tinha saído e eu estava acabando de lhe dar de comer um purê insosso. Levantei-o e acariciei seu cabelo amarelo, que sempre me lembrava o verão. Fitei seus olhos russos. Mas nada.

O caso dele era diferente do meu; eu só conhecia a fuga. Mas se Marco estava planejando algo, o que quer que fosse, esse algo era indiscernível para mim; ele estava ligado demais à terra da montanha, e tão prazerosamente, aonde teria ido para inventar uma vida nova. Saía cedo, com ou sem arreios, e passava dias e semanas em silêncio. Um dia tive a ousadia de dizer isso a Madame Cupin. Ela não deu a menor importância, sorrindo condescendente com sua boca de séculos.

"Ele é um pouco misterioso", disse, mal apoiada em sua bengala; "talvez queira fazer algum negócio, ou então tem mulher em algum lugar. Não se preocupe, com ele nada disso dura."

As ferramentas da padaria de Heidelberg continuaram desconhecidas para mim até meu último dia de trabalho, e bem sei que o padeiro sempre se encarregou de pedi-las em sua língua maledicente sem me explicar a qual se referia, sem fazer um gesto sequer, sem mostrar um pingo de boa vontade. Soltava um nome no ar, como um fogo de artifício colorido, e, enquanto me via correr de um extremo a outro atrás de alguma coisa que me parecesse útil, dava um jeito de me distrair ou de aproveitar algum descuido meu para pegar o cortador ou o pente de massa às minhas costas. Depois reclamava de minha falta de atenção e de minhas poucas habilidades. Vinha, se aproximava da caixa registradora e me pedia dinheiro, fazendo chover números sobre minha cabeça. Naquela tarde do cliente enfurecido, já estávamos quase fechando. Fazia quatro meses que eu trabalhava na padaria e àquela altura já conseguira reunir toda uma coleção de motivos e um pouco de dinheiro para poder ir embora, procurar outro trabalho, ser pessoa civil e estrangeira em outro canto. Alguma coisa indicava a direção da fuga. Eu tivera minha noite de sinceridades — não minta, está na hora de ir embora — e minha visão de futuro — em branco, perfeitamente vazio. No entanto, naquela tarde, quando o cliente enfurecido entrou na padaria de Heidelberg, não me movi um centímetro. O cliente gritava que recebera todo o seu pedido em mau estado: *kaputt*. Depois eu soube dos detalhes: uma sucessão de erros, da hora da entrega ao estado dos pães do canapé. Sua festa da prosperidade tinha sido um desastre. *Kaputt*, repetia. E as sobremesas? A mesma coisa. E os cremes, rançosos. O padeiro em pessoa é que tinha ficado até de noite no dia anterior, preparando o pedido. Eu sabia disso porque ele passara meia manhã resmungando que não tinha dormido o suficiente. Mas quando o cliente atacou e quis cruzar a barreira do balcão, para entrar na parte onde ficavam os fornos, eu disse que não havia ninguém (era uma frase simples de pronunciar) e que a culpa era minha (isso com voz titubeante, até apontando para meu próprio peito). Não sei se ele entendeu as migalhas de meu linguajar tosco. Jurou que ia voltar, sem falta. O padeiro ainda estava lá atrás, em seu refúgio, quando acabei de limpar o chão e apaguei as luzes. Falei "até amanhã" e ele não respondeu. Saí jurando que no dia seguinte não voltaria, asseverando meu arrependimento por esse sacrifício vulgar que acabara de fazer. Quem ganha com isso?, eu me perguntava, e pela rua rolavam meus pés e minhas lágrimas. Não gostava de mim. Ia acabar comigo. Mas esse mau coração, que não é justo nem bom, se agitava alegremente escondido embaixo do meu ombro.

Não é verdade que a pessoa vá embora depois de tecer na mente viagens longínquas, que embelezem o futuro. A pessoa parte na manhã seguinte a uma noite, ou na tarde depois de um meio-dia em que decidiu ficar para sempre.

"Nome?"

Eu disse.

"Profissão?"

Diante dessa pergunta, em outras épocas eu teria me enredado feito uma hera em longas explicações. Disse que trabalhava num herbanário do povoado, mas isso ele já sabia. Anotava tudo pontualmente, com a letra um pouco tortuosa, num formulário que pouco parecia ter de oficial. Não havia à vista nem mesmo um dinossauro que lembrasse uma máquina de escrever, e, naturalmente, nenhum monitor que lembrasse que tínhamos saído da época analógica. Ele de um lado da escrivaninha e eu do outro, cada um desempenhava muito bem seu papel; era um comodozinho de portas ruins e piso de lajotas o que nos abrigava, e havia três moscas-varejeiras zumbindo sobre nossas cabeças como um ventilador. Desde quando conhecia o assassinado? E a morta, a senhora Cupin? Expliquei que chegara havia um ano à granja Del Monje para trabalhar na colheita, e que depois havia resolvido ficar. Por quê? Eu levaria meia vida para responder a essa pergunta. Dei-lhe uma moeda qualquer, cuja liga não duraria nem até o pôr do sol. O interrogatório seguiu um curso do qual eu teria preferido me abster, mas não havia remédio. Quando você os viu pela última vez? Contei do lance do hotel Amancay, mas não que naquela noite, da janela de meu quarto, havia visto Marco chegar, estacionar a caminhonete, tirar o braço para fora da janela, cuspir no asfalto e ir embora. Ele e o outro oficial que entrara agora se enrolaram por um bom tempo no assunto do hotel

Amancay. Não queriam acreditar que eu havia descido até o povoado só porque naquela noite uns bichos iriam cair do teto sobre minha cama solitária da granja Del Monje. Também perguntaram se minha cama era solitária. Primeiro respondi que sim; mais tarde esfumei isso com palavras vagas, como outras coisas. Se sabia se eles tinham inimigos, continuaram; se deviam dinheiro a alguém. Neguei o que cabia negar e falei demoradamente dos vestidos de Madame Cupin, de seus hábitos ao sair ao cair da tarde, da bengala que nas épocas de chuva ela afundava no barro. Depois chorei quando me pareceu oportuno, mas eles não deram a mínima.

Com Alexander, em frente à praça de Heidelberg. Nos despedíamos. O céu estava límpido como poucas vezes, e o tempo ligeiramente fresco. Havia outros que tinham saído para renovar o ar dos pulmões, porque dentro da cafeteria a gente ainda se espremia em meio ao bafio viciado de todo um inverno. Falávamos (eles) do clima e de que talvez no dia seguinte fizesse calor de verdade; em seu mundo, isso significava treze ou até catorze graus, se a Fortuna se dignasse a pousar os olhos sobre aquele lado do globo. A cidade seguia seu curso plácido de próspero bem-estar e gente abastada, e estudantes, e estrangeiros serviçais. Em vista de um possível bom tempo, os reunidos forjaram planos para um piquenique. Combinaram o local e a hora, dividiram tarefas. Era de se ver como o rosto deles se iluminava com a perspectiva de que amanhã poderiam transpirar e sentir alguma radiação aquecendo-lhes a nuca e os ombros. Eu hesitava, um pouco por elegância, um pouco por uma antiga inferioridade na alegria. Mas Alexander conseguiu me convencer e até quis que eu levasse alguma coisa de comer, e não porque gostasse de me exibir para os demais como um pássaro exótico vindo de alguma floresta especialmente verde, mas por um ingênuo interesse por mim. "Alguma coisa latino-americana", definiu. Um genérico que, se funcionava para algumas coisas, certamente não funcionava em relação a comida. Na manhã seguinte, antes de nos encontrarmos na parada do bonde, como havíamos combinado, passei na frente da padaria da Hauptstrasse e resolvi comprar alguma coisa, embora tivesse jurado nunca mais pisar lá. Já era suficiente para minha intermitência ter ficado na mesma cidade. Da rua, pude ver a nova vendedora. Era mais alta do que eu tinha sido lá dentro e chegava sem problemas às últimas prateleiras. Vendia papoula e vendia centeio. Sorria, como eu antes. Entrar significaria trair-me e ficar com pena dela. Eu já havia passado pela distribuição de velas, pela Ikea e pela fábrica de autopeças. Entrar seria me consolar de alguma coisa, não sei de quê, com umas meras migalhas. Entrei. A garota corria de um lado para o outro atrás do balcão. Os clientes, a meu lado, bufavam por causa da demora e por sua falta de jeito para cortar o pão. Esperei e chegou minha vez. Tratei de olhá-la nos olhos, disse que tinha pena dela e fui embora sem comprar nada. Na rua, andando, percebi que tinha dito uma frase sem sentido, como "ter pena você", ou "penância minha". Eu conhecia o caráter voluntarioso do animal que era minha língua e não me surpreendi. Na praça Bismarck encontrei Alexander. Ele pediu minhas latino-americanices e eu disse que não tinha levado nada. Durante a viagem, dedicou-se a mencionar razões muito válidas (porque eram dele) para continuar vivendo naquele antro de tradicionalismo europeu, com suas casas de quinhentos anos e suas sacadas com floreiras. Enumerou os livros, o silêncio, a universidade; se de repente não conseguia pensar, ia até o bosque, ou até a Itália, que era sempre o último recurso de todo alemão melancólico. A idade das viagens pelo mundo e do deslumbramento pela pobreza alheia ele já havia superado. No entanto, todo um continente continuava a pesar sobre seu ombro, isso era visível quando ele caminhava. Descemos do bonde no último ponto e enquanto atravessávamos o campus universitário em direção à rodovia ele continuou insistindo nessas e noutras lógicas bondades. Por dentro eu me perguntava o que o levava a se justificar daquela forma para mim, tão pobre testemunha. Falou da liberdade de pensamento e de sua suposta beleza, e até das garantias sociais, palavras que saíam de sua boca como insetos diminutos, e era como se ele soubesse, porque volta e meia a esfregava para que nenhum ferrão o picasse.

De noite meu pai cantava para mim: nana, menininha, menininha não quer nanar, se a menininha não nanar, o papão vem te pegar. Depois me fazia aprender a tabela periódica e a composição do éter. Isso é mentira. Do éter ninguém fala mais.

Era noite, mas sexta-feira, em Berlim. A cidade prometia uma certa trégua ao clima dos últimos tempos, e na casa que Julia e Kolya dividiam comigo todos já estavam de pé. Mãe e filho tinham chorado. Ela mantinha seu posto habitual, apoiando meio corpo na bancada da cozinha, e eu também, com meu corpo de um lado da mesa e sem me sentar. Kolya tinha dormido e acordou todo choroso, e graças a seu choro, que era bastante fingido, o choro muito convincente da mãe dele ficara mais forte. Agora nós três nos olhávamos, medindo-nos, e a cozinha parecia mais estreita que de costume. Eu estava com uma pobre carta no bolso e pensava em largá-la na mesa mais cedo ou mais tarde. Julia insistia, mas Kolya não queria voltar ao isolamento de seu quarto e fazia caretas e revirava os olhos para nos convencer de que merecia nossa piedade. Ainda se notava, nela, o golpe na boca, e o inchaço tingira um amplo círculo que às vezes a fazia parecer um palhaço. E lá estávamos nós. Então sugeri a Julia que aceitássemos o convite para a festa e ela respondeu que a festa tinha sido uma semana antes. Não me deixei intimidar e pouco depois arrumei outra que fosse pelo menos tão pouco interessante quanto a que tínhamos perdido. Claro que Kolya também não queria dormir, ou tentar dormir, no apartamento da frente com a vizinha doente. Mas a força das circunstâncias, de nosso braço, e da promessa de ver um filme, mesmo que já fosse meia-noite, surtiram efeito. Maquiamos o rosto e tiramos um pouco de roupa antes de deixar Kolya com a asmática. Pegamos um táxi, decisão que infringia muitas regras de austeridade. O clube da festa que eu arranjara não conseguia ser berlinense: misturava música eletrônica com salsas e cúmbias esporádicas e não abrigava nenhum personagem interessante: nem travestis alegres e solitários, nem gente nua, nem mulheres barbadas. Mas com duas palmeiras, de plástico ou de verdade, Julia parecia se conformar. Tomamos alguns drinques piscando os olhos sob as luzes; quase não dava para conversar. Pouco depois ela saiu com um cara que parecia "cavalheiresco", me disse mais tarde, e que não funcionou. "Não funcionou", me disse depois, "não me adiantou muito." E será que adiantaria para mim? Eu ainda estava com as malas prontas no armário. Pouco depois vi Julia passar, ela me fez um sinal e continuou caminhando para longe do balcão sobre o qual eu me debruçara. Eu estava a ponto de ir embora e não saí do lugar; isso várias vezes. Pensei em esperar Julia passar de novo. Continuei no meu canto quando algo chamou minha atenção, e olhe que nada tinha chamado minha atenção até aquele momento, duas, três horas depois de entrar e começar a manusear meu copo. Não tive tanta dificuldade em reconhecê-lo, considerando a quantidade de anos que fazia que eu o conhecera e outros tantos que não pensava nele.

Seria preferível eu não admitir que o que voltava a cair sobre nós era, simplesmente, o verão. Continuava na casinha, descia todo dia de manhã ao povoado, envergava um avental quadriculado e luvas se precisasse vasculhar amêndoas ou nozes no fundo dos barris em que guardávamos os frutos secos. Vendia e recebia; comia e respirava com desconfiança o aroma inevitável do tomilho e do anis. Quando saía já era tarde, e às vezes dava uma volta pela rua principal olhando, sob a camada de pó, as novidades nas vitrines. Naquela tarde eu saí e dei uma volta pela rua principal até uma loja com posto telefônico. Queria falar com Julia, como daquela vez no inverno, mas agora com sucesso. Outro nome morto, o de Alexander, me voltava à língua e ao ouvido sem que eu pudesse fazer nada. Confusa, abri a porta da loja e ao entrar dei de cara com alguém; era Marco. Olhamos um para o outro com uma desconfiança que desconhecíamos e claramente evitamos perguntar-nos por que é que precisávamos de um telefone que não fosse o da granja Del Monje. Um boa-tarde, uma inclinação de cabeça, isso foi tudo. Lá dentro, contemplei absorta um saquinho de balas coloridas que acabei não comprando, simplesmente porque não tinha ido até lá em busca de algum doce, e sim para engolir, de uma vez só, o amor amargo de gente distante que eu dava por morta. O garoto que atende me oferece uma cabine livre, que não aceito.

O cliente indignado volta à padaria de Heidelberg e dou um jeito de jogar nele um frasco de geleia que acerta seu ombro, mas não se quebra. O frasco rola pelo chão, também sem se quebrar. Então eu desprezo, mais do que nunca, a tão ilustre qualidade alemã.

Eram cinco e meia da manhã no relógio do turco. Nervoso pela primeira vez na vida, ele mordia o bigode diante de mim, deixando-me ver o matiz gasto de seus dentes. Perguntei-lhe, a duras penas, o que estava acontecendo. Limitou-se a ficar em silêncio e a terminar o café com certa pompa, sacudindo o braço, pondo a xícara vazia sobre a mesa que nos servia de fronteira. Então ouvi o grito, e em seguida um uivo. Todo mundo que estava na cafeteria se levantou, menos o turco. Depois, e graças ao que parece ter sido um esforço imenso, se afastou da cadeira e como qualquer um de nós começou a comentar "o que será que aconteceu?", "que estranho", "que coisa", mal e mal conseguindo fingir. Saímos em fila, como nas evacuações que tínhamos simulado, mas ninguém considerava a possibilidade de um incêndio. Houvera um acidente no salão. A ideia da torre de cinco mil pratos brancos tinha sido da chefe, uma torre de pratos brancos e vermelhos formando uma seta em direção ao céu. Na manhã em que ela recrutou candidatos para tal monstruosidade, todos nós mantivemos uma certa distância, menos a lituana, que se mostrou disposta. Foi encarregada da tarefa e cumpriu sua obrigação durante vários dias, muito concentrada. De um lado uma seta vermelha apontando para o céu — a do futuro, dissera a chefe — e do outro o logo da Ikea bem desenhado. Era uma obra de arte. E agora que tudo acabara como um grande monólito de escombros no chão, a lituana se esforçava para desenterrar alguma peça de roupa que delatasse quem tinha sido soterrado lá embaixo. Isso ela já sabia muito bem. Primeiro se avistou uma mão e o pulso correspondente. Alguém reconheceu que eles eram da chefe, pelo relógio de ouro que adornava o pulso. Cavaram. Ligaram para a ambulância. E até alguma hipócrita da confraria soltou um soluço, dizendo "coitadinha da chefe", "minha chefe", algo assim.

"Então no hotel Amancay?"

"Exatamente. No hotel Amancay."

O padeiro parou de falar comigo: já não vociferava lá dos fundos para que montássemos juntos a comédia do assistente imberbe e do chefe decepcionado; também não vinha sapateando lá dos fundos até o caixa para ditar seus números e me pedir dinheiro. É possível que o cliente da geleia tenha feito alguma denúncia, não que me conste. A dona nem sequer insinuou isso no dia em que, findas as tortas e repartidas as iguarias que do contrário teriam de ir para o lixo, me fez um sinal para que a seguisse até seu reino particular da confeitaria. As empregadas de toucas brancas limpavam o chão; já fazia um tempo que todos tínhamos fechado. Aceitei alguma coisa nutritiva e até brandi um garfo e experimentei certas delícias destinadas às grandes ocasiões.

Tinha me preparado para uma despedida sem prolegômenos, mas o café e os doces me confundiram. Não estava lá para que me demitissem? Em duas palavras, e contra toda previsão, a dona me disse que eu merecia, acabado o ano, o límpido estatuto de um trabalhador legal. Ela me daria registro e benefícios, um contrato, tudo com carimbos e aprovações. Na noite anterior eu conseguira brigar com o guarda-noturno do albergue estudantil, renunciara a meu quarto e fizera e desfizera as malas pela terceira vez. Era bem pouco o que eu tinha, e não estava muito convencida. O dinheiro para Portugal estava reservado. Por que Portugal? Porque eu imaginava que lá poderia acabar com a suficiência europeia e ouvir as melodias chorosas de alguma mulher. O mar seria atlântico, isso também ajudou na minha decisão. Córsega, Grécia ou Turquia continuavam irremediavelmente banhadas pela água velha do Mediterrâneo, cheia de ruínas e embarcações submersas. Comi um a um todos os doces que uma empregada de touca trouxe pra mim antes de agradecer a oferta da dona e lhe dizer que sim. Eu devia me comprometer a ficar com eles por no mínimo dois anos, explicou a mulher. Depois me estendeu a mão, fingindo afeto, e até me preparou uma iguaria especial para que eu tivesse com o que comemorar meu grande triunfo, à noite, em meu quarto. Talvez nem tenha ficado sabendo do voo do frasco de geleia. Hoje eu não precisava limpar o banheiro nem o chão, falou. As empregadas de touca me olhavam de soslaio. A caminho das minhas quatro paredes, teci muitas fantasias com as notas futuras, pois a mudança de estatuto não implicava um aumento agora, só mais tarde: eu poderia me mudar sozinha para um apartamento se economizasse tempo suficiente, ou poderia viajar como os outros quando soasse a campainha das férias: poderia ir e voltar. Na cama, cercada de canapés, eu imaginava e descartava vidas com a mão napoleônica sobre o peito.

Um homem de boina vermelha abriu a porta do elevador para mim e um homem de boina vermelha a fechou no térreo quando saí. Stefan me esperava na mesa do café da manhã, sob grandes tetos orientais. Tomamos chá de água do Nilo e falamos do hálito rançoso dos camelos.

Tínhamos comido, e agora o céu nos dava as costas. A bonança durou justo até o último bocado; pouco depois o céu se cobriu de nuvens e começamos a sentir que o termômetro nunca superara os dez graus de temperatura. No entanto, eles pretendiam prosseguir com seu piquenique de início de primavera: repartiam umas carnes suspeitas, untadas com molhos ainda mais secretos, e abriam pacotes de guloseimas, mas agora ninguém mais estava comendo. Um deles, que não fora devidamente informado de minha procedência — você não era turca? —, depreciou o destino dos latino-americanos; viajara por vários países da América e comprovara o atraso das mentes e a corrupção das instituições. Sem dúvida era um desses ignorantes com ciência que se infiltram em qualquer reunião. A primavera se levantava em nuvens de quilômetros de altura, e um vento que ameaçava os pães e os apetrechos do piquenique ia nos sujando aos poucos. Diante do comentário bem-pensante, desatou-se uma discussão muito civilizada sobre as conquistas da razão e da liberdade, e embora alguns deixassem ver, como uma bainha descosturada, a culpa do passado nazista e das explorações coloniais graças às quais o velho continente cunhara tantas moedas, estavam todos terrivelmente satisfeitos consigo mesmos e curtiam ser cordiais e democráticos. Um deles, em especial, se achava um apóstolo do bom progresso e quis me convencer das maravilhas da transparência europeia e do mercado internacional. Os outros, e até o ignorante, se valiam depois de uns veja como nós, de uns evidentementes, e tentavam jogar um manto de complacência sobre todas as suas críticas ao resto do mundo. Alexander não. Volta e meia me olhava, fixamente, do outro lado do lençol que nos servia de toalha.

Tomara que seja Heidelberg!, me dizia Alexander. E Julia: tomara que seja Berlim!

Meu coração, nem para a maldade ele é bom.

Mais tarde, quando voltávamos para a casa dele abraçados, debaixo de uma chuva intermitente que era a grande preocupação daqueles satisfeitos, ele dizia repetidamente que sentia vergonha daquela gente e que da próxima vez bateria nuns tantos. Eu estava acostumada a essa ladainha e não precisava que ele me fizesse nenhum falso juramento. Mas Alexander insistia, e apesar do vento frio que soprava ele me dizia várias vezes com a cara vermelha que a liberdade também valia para a desgraça, ou para não ser livre. Gostou especialmente do último trecho e o repetiu quando chegamos a sua casa. Ser livre para não ser livre. Tirei sua roupa e o empurrei para o banheiro. Fazia mais frio no banheiro do que lá fora e a água quente demorou séculos para chegar. Depois nos metemos na cama e resolvemos as discórdias do mundo com a fórmula mais antiga. E por um momento chegamos a nos sentir vitoriosos, e retomamos o encantamento do sexo, e voltamos a ser melhores. Olhei o teto alemão e as janelas alemãs, a cama em que estava deitada e a mesa um pouco adiante. Pensei que gostava loucamente daquilo tudo, e que era a primeira vez que me dava conta disso. Disse para Alexander que não voltaria ao meu quarto do albergue de estudantes, nem mesmo para fazer as malas. Que ele trouxesse minha pobre tralha quando tivesse vontade. Eu queria ficar ali para sempre. De verdade que eu nunca sairia dali.

Voltei ao povoado e os vi assim que entrei na trilha de terra. Estavam sentados embaixo da nogueira, Marco sobre um tronco, o outro sobre uma cadeirinha de pano verde que se dobrava feito um guarda-chuva e que mais tarde o vi usando no meio do campo. Devia ser algo semelhante a um amuleto, para quando ele estivesse fora fazendo suas excursões. De longe eram mais parecidos que de perto, porque o outro, quando passei, me cumprimentou de um jeito como Marco nunca teria me cumprimentado, até tirando o chapéu, e abrindo um ríctus estranho de simpatia que, mal ele virou o rosto, se esfumou. Passaram a tarde juntos, sem conversar. Foram ver as plantações. Montaram e foram para o campo adiante. Naquela noite houve um jantar na casa da mãe; numa janela iluminada eu os vi bebendo de profundas taças de vinho, conversando sobre assuntos sérios, presumi, a julgar por seus gestos, seus ombros e braços. No dia seguinte, enquanto eu arrancava ervas daninhas do que restava das peônias, ele se aproximou para se apresentar com certa formalidade, estendeu-me a mão e disse que lamentava muito que na noite anterior eu não tivesse participado do jantar de Madame Cupin.

"Eu só alugo a casinha do meio", falei, fingindo humildade.

"Não importa. Minha mãe devia ter convidado você. Fez um coelho delicioso. Gosta de coelho?

"Acho que não."

Foi embora com sua cadeirinha verde, um peão e um cachorro, caminhando em direção à encosta, bem-vestido demais para o lugar e o clima. Voltou cheio de barro e entusiasmo, apesar da chuva, estreitando um caderno, e com uma flor para mim. Perguntei quantos poemas ele guardava no caderno e ele reconheceu que nenhum, só plantas e números, como bom arquiteto que era. Nessa mesma noite Marco entrou em minha casa sem fazer barulho, e tive a ideia pueril de que ele viera me ver apesar dos outros, como num ato de ostentação; mas seu irmão e sua mãe tinham ido ao povoado e não havia ninguém nas outras casas nem debaixo da nogueira. Umas carícias bastaram para que eu ficasse triste como alguém pode ficar quando, apesar de qualquer outro sinal, desconfia que o amam: mais ou menos, espiando com um olho para que a presa não nos escape. O irmão, o arquiteto, disse-me, morava no Chile e havia anos queria fazer um grande hotel sobre a encosta do terceiro campo, o de oito hectares; falava de investidores e fazia planos desde tempos antes, sem conseguir convencer nem Marco nem a mãe. Às vezes os dois discutiam, insultavam aos gritos a genealogia. Depois de fingir que éramos civilizados nessas e noutras conversas, eu disse a Marco que fosse embora, que não gostava de ser o segredo dele. Mas ele ficou e eu fraquejei, até que os outros dois voltaram e Marco saiu pela porta da cozinha, fingindo que tinha ido alimentar os porcos.

Morto meu pai, de volta a Buenos Aires depois daqueles dez anos arrastando o esqueleto pelo velho continente, e conhecendo as Antilhas, e vendo as paredes brancas da Tunísia, estou na casa de um de meus irmãos, cercada pelos subúrbios da cidade. É uma casa de dois andares, com muitos cômodos, e um silêncio matinal cortado pelos latidos dos cães e pelas máquinas dos empregados. As filhas estão no colégio. Uma senhora um pouco mais jovem do que minha mãe seria naquela época passa um pano alaranjado nos móveis da sala de jantar. A dona da casa deve estar no cabeleireiro. Tenho para mim que um quarto como o que me foi destinado seria mais que suficiente, e no entanto... Sugeriram que eu o pintasse de uma cor que me agrade; quer dizer, que um empregado o pintasse para mim. Eu poderia viver vários meses nesse quarto sem gastar nada nem me submeter ao jugo de algum trabalho. É de tarde, uma das filhas chega. Faz várias caretas para me conquistar, sem conseguir. Juntas, lado a lado diante da mesa da sala de jantar, resolvemos sua tarefa de biologia. A esposa também chega e me oferece um lanche. Digo que melhor não. Subo até meu quarto e me sento diante da escrivaninha sobre a qual meu irmão deixou, devidamente empilhados, alguns livros de ciência resgatados da casa de meu pai, pensando que talvez um dia tenham sido meus. Dou uma olhada neles por cima e abro a janela. Lá fora aparece o jardim dos vizinhos, onde um gato tenta capturar algo invisível a meus olhos. Decido ficar em Buenos Aires, farta de uma pressa que não entendo, e penso em Julia, provavelmente, penso que ela nem sempre teve razão. Decido que estou cansada da vida que conheço. Decido mudar de fio a pavio. Num papel que depois perco por aí, escrevo equações de várias incógnitas a, b, c.

Julia era uma mulher tão bem-intencionada, dizia que só o amor importava. Se a vissem rindo ou acariciando Kolya. E a gente acreditava em tudo.

Na festa, naquela noite em Berlim, reconheci Stefan entre centenas de outros e até consegui me lembrar de seu nome. Ele teve que remontar vinte vidas para fazer o mesmo com minha cara e o restante de minha pessoa.

"Málaga", falei para ajudá-lo.

Essa contrassenha do passado não pareceu funcionar, e tive que me explicar de mil maneiras para que o outro entendesse minha existência. No fim ele conseguiu se lembrar, ou pelo menos fingiu de um modo bem plausível, e colou no meu ombro por um bom tempo enquanto nos dedicávamos a estudar os copos um do outro. Perdi Julia de vista; ela fora embora com seu homem cavalheiresco, sem intenção de voltar. Usei-a como desculpa para ficar mais uma hora no clube, embora não me agradasse, sem saber o que fazer com Stefan. Ele me perguntou várias vezes se era em Málaga que a gente tinha se conhecido. Achava que nunca tinha estado lá, apesar de ter percorrido a Espanha em detalhe, bem como o resto da Europa e do planeta. Falei que tinha sido em Málaga e que ele estava viajando com um menino de quatro anos que procurava lagartixas entre os arbustos. Admitiu que tinha um filho em algum lugar. E ele? Morava uns tempos em Londres e uns tempos em Cingapura. Uma mulher pálida como uma espiga passou atrás de nós e acariciou suas costas. Continuamos conversando, a duras penas, sob o bombardeio da música, e claramente nos embebedando. Depois, a mesma mulher se inclinava, mostrava o decote e sussurrava alguma coisa no ouvido dele. Stefan negou que estivesse com alguém e saímos para a noite de Berlim, que não é como as outras. Olhou para o relógio fazendo cálculos e depois tirou do bolso o último dispositivo da modernidade da época, e com ele falou em inglês e escreveu alguma coisa em chinês, cumprimentou e se despediu de gente de todo o planeta, enquanto caminhávamos juntos por essa rua, depois por aquela, primeiro sem rumo certo e mais tarde margeando o canal. Largou seu aparelho de repente e perguntou o que eu estava fazendo na Alemanha. A princípio menti, tomando milhares de precauções inúteis, mas depois disse uma coisa verdadeira: que viera à Alemanha em busca dele, primeiro em Heilbronn e depois em Heidelberg, porque eram os nomes de cidades que pensava recordar daquela noite em Málaga em que nos conhecemos e o filho dele procurava lagartixas fingidas entre os arbustos. Isso, respondeu ele, não podia ser verdade. Ele não estivera em Heidelberg a não ser quando era "menino", e em Heilbronn nunca. Deve ter havido alguma confusão, admiti. Mas ele ficou obstinado, fazia perguntas como se desse importância ao meu caso. Em algum outro canto da Terra devia ser cedo demais e ele desperdiçava seu tempo comigo com prazer. Uma a uma, dei-lhe as mentiras que pedia. Mas por que tinha ido para a Alemanha em busca dele depois de uma única noite? Não lhe disse, simplesmente, "para não voltar para casa".

Viajo, viajo e viajo. Sonho com beduínos e peixes.

Está chovendo há dez dias, pouco e muito, conforme leis externas ao pátio onde vejo a água cair, em horas diferentes com ventos diferentes. Não é ameaçadora, e no início até a consideramos benéfica; agora a água abre caminho em sulcos onde o terreno permite, ou não consegue impedir, e formam-se arroios novos quando ela chega à encosta, e lagos onde não. É um processo simples que convida à contemplação e à melancolia: lá estava seco, depois ficou verde, agora está inundado. Não havia um lago, ou laguna, ou charco, e agora há. Empenho-me debilmente em não me deixar cativar por esses truques hipnóticos do mundo da montanha; resgato morangos, alimento gatos, como ervilhas cruas sem um pingo de devaneio. Chega um homem que só conheço de longe, e mal, mas do qual conheço certo passado; está com uma boina preta que arremata sua cabeça como um laço. Tem alguns quilos a mais e um sorriso péssimo, que gasta para me perguntar por Marco enquanto acomodo numa sacola as ervilhas, que lhe ofereço, que ele prova e desaprova, cuspindo-as para o lado. Digo que são deliciosas; ele nega. Então digo que seus animais estão separados, que se quiser que os carregue. Ele examina o machado que Marco deixou bem no meio da varanda e o considera bom, comenta comigo, sem fervor nem ocultamentos, um machado bom, este, eu que sou lenhador em El Hoyo sei do que estou falando, pergunte se ele vende pra mim. Deixa até seu telefone. Não carrega as ovelhas nem se despede, mas tira a boina e alisa um cabelo bonito, que não parece ser o de um assassino.

"Quantos mortos?", pergunto a Marco quando ele volta da granja Del Monje nessa mesma noite. "O lenhador de El Hoyo, ele esteve aqui."

"Não me lembro", esquiva-se ele, "talvez nenhum", e chuta um gato furtivo que cruza por debaixo do beiral para não se molhar.

A chefe, ou o que restava dela, foi transportada de maca para fora do salão. Sua roupa e seu rosto ainda estavam enfeitados com amostras dos pratos que lhe choveram em cima. Não a vimos mais. Houve até boatos de que nem chegou viva ao hospital. Tomei-os por exagerados e, ao ouvi-los, tentei negá-los. Temia que o turco fosse acusado, e negando os fatos pensava estar contribuindo para a empresa de sua salvação. Mas eles não estavam preocupados; a lituana e ele levaram algumas semanas fingindo normalidade; não apareceram mais do que dois ou três pratos quebrados, não houve lençóis manchados com coisa alguma. Com tanta conspiração, tinham aprendido a se gostar, mas nunca os vi ir embora juntos nem falar de um filme ou de uma noite que tivessem passado juntos; comunicavam-se com provocações, como os homens jovens e os marinheiros. Ela lhe dizia, de passagem, caso ele aparecesse onde nós estávamos ajeitando almofadas: "Mas que vontade de trabalhar, hein?", ou lhe dava um empurrão, ou puxava seu cabelo, ou roubava um de seus cigarros fortes e aromáticos. O substituto da chefe da Ikea era mais amável que sua antecessora, e às vezes, em dias de muita inspiração, até conseguia chamar um de nós pelo nome. Sucediam-se os acidentes inócuos e uma ou outra reclamação dos vendedores em virtude das mercadorias que a gente organizava. Em muitas madrugadas daqueles meses cheguei à Ikea decidida a me unir à empreitada do turco e da mulher lituana, a usar minha língua pré-cambriana para elogiar suas sabotagens e convencê-los de que poderia ser útil para eles. A gente tenta e a gente não consegue. Já fazia um tempo que o turco não me oferecia seus cigarros nem me convidava a sentar-me à mesa das conspirações. Estavam no auge de algum projeto quando ela começou a faltar; às vezes vinha com um olho em más condições, e inutilmente maquiado. Acho que ele dava um jeito de consolá-la, durante as pausas, num banheiro ou no vestiário das mulheres. Já não se provocavam nem brincavam como antes; como uma luzinha, a alegria que o turco soubera conhecer com ela estava se apagando. Também deixamos de vê-la de um dia para o outro. Foi embora de repente, como a chefe, mas sem maca nem procissões. E o turco chorou em segredo; eu soube disso, embora ele nunca tenha voltado a mencioná-la.

“Tem certeza de que preciso ir embora?”

“Sim.”

“E nem te passa pela cabeça duvidar disso?”

“Nunca duvido.”

“Por favor”, implorei, e não estava acostumada a isso. Tinha passado meu primeiro inverno na montanha. Fazia mais de meio ano que morava na casinha e trabalhava no herbanário do povoado vendendo farinha e amêndoas. Tinha enrolado, numa lata, um dinheiro que recebera de meus irmãos, chovido do céu negro da distante compaixão deles. Mas falei para Marco que não tinha nenhum. Que para onde é que eu iria. Que faria qualquer coisa para poder ficar.

Diante da falta de mulher e da escassez de sexo, meu pai voltou a se dedicar à física assim que completou cinquenta anos. Conhecia a matéria porque se debruçara sobre ela na juventude, logo antes de encontrar minha mãe e abandonar “essas coisas” da ciência para entrar na roda dos roedores: a de ganhar dinheiro, para ter filhos, para ganhar dinheiro. Mas aos cinquenta, de repente sem mulher, todo o cântico da família e da prosperidade começou a perder seu atrativo, e aos trancos, e como um cão cansado, ele voltou aos saberes de sua antiga dona. A evidência do repouso ele absolutamente não conhecia, assegurava ele, nem em seus últimos anos de vida, quando não podia se levantar da cama nem para ir ao banheiro e ver no espelho o rosto do homem que tinha sido. Sempre teve os bolsos cheio de poréns. Se alguém falava em céu, ele lembrava o truque da atmosfera; se em repouso, ele insistia no movimento perpétuo de astros e átomos. Morreu triunfal em seu ceticismo, segundo me disseram, na mesma cama em que passara os últimos meses sem conseguir levantar um dedo. Morreu abraçando todos os relógios da casa. Pediu que os levassem até seu quarto e os espalhassem sobre a colcha. Minhas cunhadas não entendiam nada, nem meus irmãos. Foi uma extravagância, me disse uma delas, quando voltei para Buenos Aires, depois de dez anos. Foi sua despedida do tempo, disse eu.

Começamos a lutar, mas era uma luta fingida. Caí no chão, ou me deixei cair, e Marco se atirou sobre mim. Eu queria explicar a ele toda a trama da natureza antes do amor; ele não se importava com nenhuma história, nem mesmo com a nossa, e detestava as razões. Desde o primeiro dia que passei na granja Del Monje, avaliei as possibilidades de que aquela noite acontecesse, se ele iria ou não iria me procurar algum dia, se me diria antes ou não me diria antes "Vou te procurar esta noite". Eram teias de aranha que este pobre exemplar humano — proteínas, tecidos, cérebro — não podia desfazer à força de coisa nenhuma. Mas fazia um tempo que estávamos nos caçando mutuamente. Raras vezes ele ou sua mãe pisavam em minha casinha, a do meio que dava para o pátio da nogueira; os gatos, sim; esses entravam, que nas outras não tinham permissão, e os cães, e uma vez a ovelha amestrada que sempre esperava as sobras de minhas colheitas. Essas visitas aconteciam às escondidas dos donos; Madame Cupin as condenaria e ele teria entrado na casinha só para expulsá-los a pontapés. Mas no campo nada o irrita tanto quanto portas adentro: Marco me fala dos morangos ou das últimas geadas, aprazivelmente. Fala do milho e da maçã, e entrevejo grandes mistérios por trás das ervas daninhas mais singelas. Um dia perguntei se ele tinha alguma mulher escondida no povoado, que visitasse quando saía na caminhonete para vender cordeiros ou buscar provisões. Ele foi embora sem responder. Percebi que tinha falado demais e tentei outra vez, também lá fora, sob o nariz grosso da montanha: você tem mulher? Então ele me diz que não, se agacha, arranca uma planta intrusa. Mais tarde é de noite, ou quase. Na primavera os entardeceres atrasam. Vou até o pátio para desligar a água que rega as peônias. Faz um calor brusco para esta época do ano, ainda é outubro. Saio com pouca roupa porque acabei de tomar banho e faz calor e o pátio está deserto. Me afasto alguns metros e fecho a água que já inundou um canteiro e mais além. Volto para a casinha e o vejo em meio às lajotas; é provável que tenha estado me observando o tempo todo sem que eu percebesse. Entendo que ele tem mais roupa do que eu e que isso lhe dá certas vantagens que neste momento não posso compensar. Nos medimos sem baixar os olhos. É um longo minuto de nada. Explico que acabei de tomar banho e que tinha esquecido a água da rega ligada. "Claro", diz ele. Que foi por isso que saí. É difícil, mas dou as costas para ele; depois, lá da porta, digo boa-noite. Ele não me responde nem se move um centímetro, e também não afasta os olhos. Eu poderia ter me escondido na casinha. Mas não. Espero. Ele se aproxima e deixo que se aproxime. Toca minha face e eu a dou a ele. Alguém acaba de ganhar uma partida, não sei quem.

Nessa noite de frio, certamente úmido, logo nos entediamos de ficar caminhando pelo canal, conseguimos um táxi e descemos poucas quadras depois. Não havia ninguém na casa de Julia e não paramos em nenhum cômodo para ligar a calefação, que, segundo o costume berlinense, ficava desligada quando ninguém estivesse aproveitando seus benefícios. Também não paramos na cozinha para preparar um chá. Ele tirou os sapatos. Fazia quanto tempo, oito, nove anos que tínhamos nos conhecido brevemente, na cidade balneária de Málaga? Ele falou um pouco e desnecessariamente de seu trabalho, caro e cosmopolita, de suas viagens, das línguas que são incompreensíveis e das maravilhas do idioma inglês.

"Prefiro Hong Kong a Londres", falou, sem que eu tivesse perguntado.

Eu gostava especialmente de seu jeito de fechar os olhos, e de coroar qualquer frase com aquela risadinha sarcástica da qual pouco tempo depois eu já aprendera a desconfiar. E, embora não lhe importasse, perguntou sobre minha vida na Alemanha durante aqueles anos em que nos esquecemos. Inventei o que me pareceu propício: disse que tinha morado no litoral, com vista para o Mar do Norte, e que havia me casado com um homem que administrava barcos pesqueiros. Ele certamente não acreditou em mim. Eu estava com frio e me enfiei na cama de roupa e tudo, o que mais tarde acabou complicando nossas manobras de mútuo entendimento. Stefan demorou um pouco para me acompanhar, porque alguém tinha ligado para seu celular do outro extremo do mundo e ele precisava fechar algum negócio bem rápido, à custa de várias cabeças. Esses negócios o deixavam aceso demais para que conseguisse prestar atenção na mulher que eu era naquela época. Depois seu arrebatamento passou e ele me pediu que saísse da cama e tirasse a roupa, de pé e lentamente. Eu me recusei. Mas ele não era homem que desconhecesse obstáculos e minha resistência lhe pareceu, justamente, a chave de todo o lance. Ele fez o mesmo, e enquanto tirava a roupa entendi por que tinha me atraído anos antes e por que eu o usara como pretexto para ir embora de Málaga e não voltar para casa. Quando já estava comigo, interrompi todos os seus planos: se ele buscava a boca, eu lhe dava a mão; se o cabelo, um beijo. Nos perseguimos por um bom tempo sobre os quatro metros quadrados do colchão. Mas alguma coisa ficou sem resolver, porque na noite seguinte combinamos de nos encontrar em seu hotel em Berlim, e montar o mesmo cenário, e atuar na mesma comédia. E foi assim durante dias. Logo ele teve que ir embora para continuar arrancando cabeças lá do seu outro lado do mundo. Queria acompanhá-lo? Julia e Kolya estavam em Berlim, sob a luz amarela da cozinha onde juntos e durante anos nós três nos alimentamos. Lá estavam eles, como disse, e toda aquela caixa de boas intenções, por assim dizer, que tínhamos armado para o futuro. Por eles dois, mãe e filho, eu me apaixonei. No entanto, diante de nós mesmos, o que fazer? Matamos e fugimos, se é o melhor que sabemos fazer.

No lago sopra do oeste um vento constante, que vem do Pacífico cruzando as montanhas. Tínhamos saído tarde, sob o olhar cético de Madame Cupin, que se indispôs no último momento e fracassou em toda artimanha para evitar que fôssemos sozinhos. Ela teimava que queria embarcar conosco na canoa e entregar pessoalmente a pilha de livros intocados de Monsieur Cupin, que doaríamos em seu nome para a escolinha número catorze, à qual só se chegava por água ou fazendo longas voltas a cavalo. Suas resistências nos atrasaram até depois do meio-dia. Nós a deixamos sob o alpendre, amargurada e apoiada em sua bengala. Também tínhamos que passar pelo povoado, entregar três animais para o lenhador de El Hoyo e depois seguir caminho até o lago. A estrada de cascalho nos ofereceu uma grande variedade de buracos e dificuldades, que a caminhonete foi deixando para trás. A última ovelha, que trocaríamos por madeira com um morador lá de cima, se sacudia na caçamba da caminhonete porque Marco não quis amarrá-la. Mesmo atordoada, foi entregue a tempo. Carregamos o pagamento que nos deram por ela e descemos para a costa, onde nos aguardava um outro homem, de óculos, encarregado de nos emprestar o bote para a viagem. Em cada encontro com moradores, Marco e os outros trocavam novidades que não eram novidades e que, como as notícias no jornal, tinham certas ondas e períodos de vida. O homem da canoa insistia em dizer que havia sentido um tremor de terra duas noites antes. E que o lenhador de El Hoyo, conhecido magarefe, vinha roubar seus troncos quando ele se descuidava. A história do terremoto já tinha sido tratada com o homem do posto de gasolina, que dizia que não, e com o de El Hoyo, que garantia que o terremoto havia derrubado seu irmão da cadeira. Fomos atravessar o lago. Disseram que estava ventando muito e nos aconselharam a não ir. Mas Marco me garantiu que na volta teríamos o vento a favor e que assim conseguiríamos estar de volta antes do anoitecer. Tinham me falado da água do lago antes, mas eu jamais acreditaria que fosse assim tão transparente, apesar dos trezentos metros que nos separavam do fundo.

"Está fria", me disse Marco, quando mergulhei o braço.

Estava gelada. Eu soube disfarçar e falei que poderia ser pior. Desde a primeira noite que passamos juntos ele deu um jeito de não voltar a me olhar a não ser como se olha qualquer outro ser vivo, e não me disse nenhuma palavra digna de nota. O atilho de livros franceses se equilibrava no fundo da canoa; havia dois tratados de mecânica e vários romances de aventuras. Trezentos metros abaixo se erguiam os picos verdes de um bosque submerso séculos atrás. Isso deveria me arrancar longas e insípidas exclamações de admiração; mas Marco remava em silêncio, e eu tinha a fraqueza de me sentir feliz. Chegamos tarde à outra margem, e cansados, com os braços ardendo. Escalamos um barranco bem escarpado, espetando-nos com rosa-mosqueta, e agarrando-nos às giestas para não cair. Batemos palmas à toa. A escolinha estava vazia e a porta trancada com cadeado. Não tivemos alternativa senão deixar os livros num canto, em cima de umas lajotas, ainda que isso não fosse mantê-los imunes ao orvalho e à chuva por muito tempo. Então descemos novamente até a orla. Não deu nem para empurrar a canoa e tentar. No bosque a noite estava vindo — farejava-se — e o vento tinha mudado de direção, soprando imenso e alegre em nossas faces.

Então eu quis ir matar leões, e me compadecer dos pobres de outros países. Alexander não entendia e me olhava da cama com olhos cansados. Pra que tinha estudado essas ciências todas se nenhuma palavra sua era capaz de convencer uma mulher que está partindo? Faltavam-lhe razões. Depois de tantas ideias sobre a Europa e a dignidade humana, agora se calava; nu, estava duplamente nu. Enquanto isso, eu refazia as malas que havia desfeito no mês anterior. Pouco a pouco, ele foi tentando: que uma viagem juntos nos salvaria, que uma família, que um trabalho melhor. Por que tínhamos nos casado? Naquela mesma noite falaria com seu amigo, o físico, para que eu finalmente ingressasse no laboratório. Ligaria também para uma amiga que morava e trabalhava a algumas horas de Heidelberg, numa farmácia. Suas ideias morriam feito traças sob um veneno pulverizado que flutuava no ar do quarto. Eu disse não a tudo, e embora as malas não estivessem prontas eu as fechei como deu, ou seja, mal, arrastando-as e chutando-as escada abaixo. Rolaram com escândalo. Onde estava meu triunfo? Alexander me seguiu, subiu comigo no bonde e me ajudou com a tralha toda quando chegamos à estação de trem. Na fila para comprar as passagens, deixávamos as pessoas passarem, sem vontade de avançar. Esse jogo durou um tempo; por uns dez, quinze minutos lutamos contra a despedida incontornável e as lágrimas. Minha maior conquista foi comprar a passagem para Berlim. E embora Alexander tivesse anunciado que não queria se despedir, sumindo, de um momento para o outro, da estação, depois eu o vi aparecer na plataforma onde eu esperava meu horário sentada sobre a bagagem. Ele tirou o cachecol e o amarrou em meu pescoço. Nos abraçamos e lhe prometi tantas e tantas coisas, que ia voltar, que o amava, e todas falsas.

Por quê, se finalmente derrotei os preceitos da física? Por quê, se depois de anos de peregrinação finalmente encontrei o lugar, eu me perguntava, enquanto Marco, sentado diante do machado e da lenha, arranhava a terra com sua bota suja. Conversamos cordialmente; a um lado, a ovelha balia.

"Em dois meses, no máximo três, você vai ter que ir embora."

"Tem algum motivo para isso?"

"É que vamos nos reestruturar."

"E você quer que eu vá embora?"

"Eu não."

Quem queria não podia ser outra senão Madame Cupin. Nessa mesma tarde ela veio até minha casinha me trazer uma roupa, disse, que já não usava fazia anos e que era grande demais para ela: lenços parisienses, um verde e um vermelho, um pulôver de lã do Peru e outras delicadezas que pouco me serviam para despachar farinha e amêndoas no herbanário do povoado. Era um luxo, me explicou depois, que eu pudesse receber essas roupas lindas; não era qualquer um que merecia sua bondade.

Farejo a chegada da noite. Ele desaparece atrás de mim, no bosque, em busca de galhos e de alguma coisa comestível. Encosto novamente a cabeça na terra fria. E o planeta parou. E eu com ele.

"Não quero ir embora!", gritei, enquanto ele se afastava.

"Algum relacionamento sentimental?"

Respondo que nunca soube que ele tivesse algum.

"Tinha a Lali", intervém o outro policial.

Dão uma piscada um para o outro.

Não é verdade, penso de longe. O sangue da vaca caía num jorro grosso sobre o pasto. O céu se torna opaco e é de tarde. Pensei que não fosse verdade porque já tinham anunciado isso várias vezes, e até agora não havia acontecido. Sempre tive matéria de sobra para o ceticismo. Era hoje, ou amanhã, ou depois de amanhã que o açougueiro viria, e ele nunca chegava. Mas esse dia era o dia, e a vaca bombeou sangue até que desabou de flanco no chão. Marco lhe deu uma segunda estocada, para o caso de ela ainda não ter liquidado o trabalho da morte, mas sim, já não havia nada além de carne. Tinham cansado de esperar o açougueiro, e quem ajudava Marco era um dos filhos de um campo contíguo à estrada, que trabalhava como peão quando conseguia um lugar. Um cavalo de tração arrastou a vaca até debaixo de uma árvore, e utilizando correntes e roldanas acomodaram-na para tirar-lhe o couro, de barriga para cima e com as quatro patas esticadas. O processo foi minucioso: abri-la primeiro pelo peito, ir separando o matambre com cuidado, cortar suas patas. Um menino miúdo, de uns dez anos, que, como outros, tinha se aproximado, se entusiasmou e meteu os dedos nos olhos, no ventre, entre os intestinos da vaca, sem romper nenhum tecido. Carnearam-na com delicadeza para não estragar o couro e esvaziaram suas tripas. Penduraram-na na árvore com a ajuda do cavalo e das roldanas. Eram trezentos e cinquenta quilos que não se moveriam com o vento. Marco me fez um sinal e lavei o balde no qual havia limpado a faca durante a lida, o que não foi fácil. Depois nos sentamos a alguns metros, num tronco, e falamos das diferentes formas de matar vacas, ovelhas e cabras, e enquanto me explicava ele ia esfregando as mãos tingidas num pano excessivamente vermelho. Do animal nos chegava um perfume ácido de pasto em fermentação, e sob esse aroma eu me perguntava se era verdade que eu gostava daquele homem, se um dia o deixaria usar uma daquelas mãos em mim. A primavera ainda não chegara. Eu trabalhava no povoado e olhava a montanha ao voltar para casa, desejando uma vida assim para sempre, e dessa vez é verdade. Não havia rastro de chantagem em nenhum lugar. Ouço-o cortar lenha lá fora apesar do frio e saio, embora seja noite. Ofereço algo quente porque meu coração me trai e me leva a fazer as piores bobagens, a querer cuidar de um homem que me ignora e que passa as tardes matando um terneiro ou estripando uma ovelha. Marco para, e o machado paira no ar por um momento. Depois ele o solta e me diz que não quer nada.

Sou feliz incansavelmente, todas as adversidades me alegram. O frio, a neve, a cadeira vazia do outro lado da mesa diante da qual agora começo a comer.

Mas este coração não serve nem para um ato de justiça. Todos saíram: a dona para buscar reforços entre os familiares, o padeiro para pegar sacos de farinha no fornecedor. Era tanto o movimento nos dias de festa que ninguém dava conta, e os clientes chegavam à padaria em busca de gorduras e glicoses, ávidos como as grandes moscas que eram. O caixa se abria e se fechava diante de mim. Entravam e saíam notas. Ali dentro havia o suficiente para as férias, que me haviam prometido assim que passassem as festas. O dia 1º de janeiro, comemorando a passagem do ano, seria legal e eu tiraria férias. "Pra onde você vai?", perguntou-me a dona. E depois, com certa esperança, porque era mãe de família: "Pra casa?". "Com certeza", respondi. Nessa época minhas mentiras não eram limpas nem fáceis, e eu as arrancava da boca com aflição. Olhando para o caixa pensei que o justo seria separar o dinheiro que me cabia e escondê-lo no bolso, tendo em vista a palpitação de fuga que se instalara a um lado de minha cabeça, um pouco acima das têmporas. Contei e separei as notas enquanto um homem de cara azulada escolhia uma sobremesa para a ceia de Natal. E me paguei também por alguns favores e outras regalias. Todas as moscas zumbiam impacientes do outro lado do balcão. Seria um ato de imensa pureza eu ir embora assim, com a grana no bolso e a padaria lotada. Mas a perfeição não é amiga de todos, então perdi meu tempo com o homem de cara azul e o seguinte, que queria um pão de papoulas, e com outro em quem a neve deixara uma mancha negra em cada ombro. E embora os pés e a grana no bolso me abrasassem, continuei sorrindo e atendendo até que o padeiro chegou, atravessou o local a grandes passos e depois veio lamentar que fossem tantos os clientes que *pretendiam*, falou assim, uma torta ou um pão. Era sua forma de ser requintado e infeliz ao mesmo tempo. Tudo parecia perdido, mas quando ele estava voltando para os fundos vi que dava a mesma palmadinha de sempre no batente da porta, e essa repetição me bastou. Tirei o avental e passei para o outro lado. Dizem que a carne é fraca, mas a consciência é mais. Voltei ao caixa e deixei o dinheiro. Um cliente me perguntou o que estava fazendo. Me limitei a dizer a única coisa que sabia.

"Estou indo embora."

Outro quis me segurar.

A jaqueta ficou pendurada no cabide, lá dentro. Caminhei pela rua branca molhando os sapatos e admirando as luzes da rua. O que havia de novo nisso? Nada. Estava com frio e caminhava, desprezando as sacolas de presentes e os cumprimentos natalinos que as pessoas prodigalizavam ao se despedir. Entrei num café e gastei todo o dinheiro que me restava. Também não queria voltar para meu quarto, que conhecia de cor, e que tentei deixar mais de uma vez. Desci até o rio e, com certa teatralidade, ao cruzar a ponte joguei meu visto de residência e a passagem para Portugal que tinha comprado de manhã. O rio estava congelado, e não afundaram. Observei-os por um momento, pensando que no dia seguinte, se eu fraquejasse, poderia resgatá-los de alguma forma. Mas nessa noite eu não era fraca, era a mais triunfante de todas, porque não tinha nada nos bolsos, nem nome, nem coisa nenhuma no coração.

Penso, e penso, e não acredito que possa conseguir. Já não domino a grande arte da fuga que pratiquei por mais de uma década na África, na Ásia e na Europa. Vou e volto da cozinha para o quarto, na casinha, que está às escuras. Preciso ir embora e não quero ir. Lá fora há uma lua muito limpa, de cara sincera, que acaba de transformar o pátio, a ovelha e a nogueira em relíquias muito remotas, de cidade abandonada.

É melhor que a mãe não veja a gente, me diz. Faz uma longa volta com a caminhonete, estaciona acima da entrada da granja e cruza o campo sozinho, para pegar uma muda de roupa para mim. A noite do lago, a céu aberto, está visível em nossa cara, e preciso de outra calça antes de descer ao povoado e atender no herbanário.

Volta para a caminhonete e vejo que de pouco me serve o que ele trouxe, mas não digo nada.

"Mas já deve ter visto", me anuncia quando já estamos no povoado, diante da porta do Mágica y Natural, onde trabalho, desde que moro com eles, para pagar o aluguel.

"Não entendo. E por que não deveria ver?"

"Porque não é bom."

Nesse dia eu já não soube de mais nada. Vendi farinha de sêmola e pimentas e tudo o que estivesse à mão, tentando não fazer muitas notas para não alimentar demais o fisco, conforme me haviam indicado os donos do local. Às vezes eu era tão obediente. Mas assim que tinha um momento livre, minha mente ficava às voltas com probabilidades e perguntas. O bêbado de sempre veio pedir comida e lhe demos uns biscoitos crocantes e um pouco de água, que ele recusou. Madame Cupin estava irritada, ou triste, ou era perigosa, e não devia nos ver juntos. Madame Cupin estava indisposta, ou desarmada, ou furibunda. Parecia, ou era boa comigo, mas e sua bengala enterrada no barro, e as pérolas e o machado, e os lenços de Viena, e por aí vai. A mente dava voltas e mais voltas, dias e horas a fio. Como eu queria descer do carrossel do eu.

Julia chorava e Kolya chorava. Saímos do teatro e perguntei a eles que sentido podia haver em ficar choramingando pelos males dos outros, principalmente no caso de seres de pano como marionetes. Kolya não sabia e Julia perdoava minha falta de tato. Levei-os para casa e preparei um jantar que devia ser de contentamento, porque tínhamos decidido nos mudar para um apartamento maior, para o qual Julia já começara a se endividar num banco e no qual eu arcaria com as despesas mensais. Ela tinha feito um monte de contas, e eu várias promessas, e Kolya corria à nossa volta brandindo um fantoche e uivando de alegria por nos ver assim juntas. Mas as promessas são feitas de uma matéria cuja composição ainda não foi decifrada, e se têm átomos e moléculas, devem ser extremamente instáveis, e traiçoeiros. Durante o jantar falamos novamente das marionetes que tínhamos visto naquela tarde. Tentamos explicar para Kolya o mecanismo dos bonecos. Insistimos. Ele não entendeu. Desse momento em diante, começou a me soar um alarme que no início só se ouvia de longe, mas que sem dúvida era um aviso de que o mecanismo da partida já havia sido acionado.

"Será que ele é retardado?", perguntei para Julia quando nos levantamos da mesa.

Ela negou e tentou me ignorar. Joguei o que restava do banquete, com ostentação, no lixo, embora ela tivesse me pedido que guardasse para as refeições do dia seguinte, e embora depois tenha me pedido que pusesse Kolya na cama, e mais tarde, se eu saísse, que comprasse cigarros, não fiz nada disso e me fechei no quarto. Escondera a obra de minha vida no armário: uma pilha perfeita de malas e bolsas. Saí e expliquei que estava entediada de vê-la dia e noite.

"Morro de sono e de tédio de ver essa tua cara", falei.

Julia era inteligente e sincera, a mãe e a neta de algumas dores. Mas estava tarde e naquele momento sua ciência psíquica e sua cordialidade tinham se esgotado, e ela me disse essas palavras divertidas que os alemães usam para xingar: vaca tonta, cabra, e outros zoologismos. Eu estava exultante e ri várias vezes enquanto saía do cubo que tinha sido meu quarto até meio minuto antes. Como eram ridículas aquelas portas e aquelas janelas! Que engraçados eram os pés daqueles móveis! Subi na cadeira. Tentei cortar o fio da lâmpada de teto, mas nem na ponta dos pés consegui. Simplesmente apagar a luz me parecia pouco.

"Não vai nem se despedir do Kolya?"

Julia me recriminou, ao me ver arrastando as malas pelo corredor. O táxi já havia chegado e me esperava alguns metros adiante. Cheguei à saída como pude, usando os dentes para segurar a última bolsa. Julia tinha feito um esforço enorme para não me ajudar, esfregava as mãos, jogara pela borda toda a sua beleza. De repente era muito jovem e tentava não me olhar e não gostar de mim. Me disse a mesma coisa que meu pai me dissera anos antes.

"Você vai se arrepender."

Naquela tarde desci do avião como de tantos outros aviões que ele tinha planejado e pagado. Como das outras vezes, Stefan ia meio metro à frente, empurrando sua mala de última geração. Balbuciei duas palavras em inglês para o funcionário da Imigração. Ignorei a oferta de táxis. Mas não estávamos na Tunísia nem na China. Falei que ia ao banheiro e me escondi no café do primeiro andar do Ezeiza, numa última mesa, porque sabia que ele não me procuraria tão cedo. Depois de um tempo, saí e consegui alguns pesos, trocados por ienes com um empregado da aduana. Liguei para um de meus irmãos. Ele atendeu. E até fingiu certa satisfação ao ver que era eu.

Dormi no povoado. Na manhã seguinte, entrei pelo caminho de terra. Estranhei não ver ninguém nem ouvir nenhum barulho. Embaixo da nogueira, a caminhonete estava estacionada fora de seu lugar habitual, e isso não me pareceu bom. Uma roda tinha esmagado os brotos de umas peônias novas. Também não encontrei nenhuma prova da invasão de insetos que Marco me garantiu que viriam e dos quais me obrigou a fugir. Me aproximei de minha casinha e notei que a porta estava aberta. Olhei para dentro. Um braço de Marco, um que tanto adorei, não era mais o de antes. Lá de fora, pude ver o braço encostado no chão e pintado de um vermelho escuro, como as paredes. As manchas de sangue subiam feito um exército de formigas até o teto da sala. Mas não era o que Marco tinha jurado que eu iria encontrar naquela manhã. Ele tinha dito:

"Hoje é noite de térmitas."

"Como você sabe?"

"Porque é época, e está fazendo calor."

Na hora não perguntei que insetos eram esses, nem mesmo parei para considerar se seriam coleópteros ou dípteros; sabia por Marco que todo ano elas caíam do teto numa noite de calor especial, e que gostavam de se meter entre os lençóis e acabar com o sono de qualquer um. Fazia meses que eu não precisava dos nomes nem usava os latins para nada. Tinha ido a El Bolsón e me sentara junto da janela no hotel Amancay. Dera ouvidos a ele sem nenhuma pretensão, simplesmente pela alegria seca e inebriante de acreditar que ele viria.

Mas e agora? Olhando aquele braço entendi como um mundo pode desmoronar num piscar de olhos. Não tive coragem de empurrar a porta. Corri até a casa de Madame Cupin para avisá-la de que alguma coisa ruim tinha acontecido, para que me ajudasse pelo menos a terminar de abrir aquela porta que eu não conseguira tocar. Mas a casa estava vazia. No alpendre, um gato me olhava com uma espécie de sorriso. Atravessei o pátio e fui até a casa dele. A mesma coisa; isso era previsível. Eu não tinha nenhum número de telefone onde pedir auxílio. Desci correndo para as cabanas da baixada e cheguei lá sem fôlego, mesmo sabendo que não precisava me apressar e que nada mais dependia de mim. Falei como pude com quem encontrei; era um dos irmãos de barba. O outro pegou a estrada em busca de um médico vizinho e dos bombeiros. Subimos até a granja Del Monje e não me deixaram chegar perto de minha casa por um tempo que me pareceu uma longa noite sem estrelas, até que apareceu um homem muito redondo, com olhos muito brilhantes, e me deu razão. Marco estava morto, bem como sua mãe, que foi encontrada em meu quarto. Era possível? Muito mais do que isso.

Reluziam as paredes brancas da Grécia — ou da Tunísia? — sob o sol do meio-dia. Stefan me chamou lá da cama. Entrei no quarto e me joguei sobre os lençóis, do lado onde não tinha dormido. Seu perfume, que era caro e mais estrangeiro que muitos outros, permanecera no travesseiro e eu não quis que tocasse minha face. Ele tinha ligado todos os dispositivos de telas e microfones para não perder nenhuma notícia do planeta, e também para que ninguém se esquecesse de sua pessoa. Fazia um esforço enorme para que se lembrassem dele minuto a minuto, como se já estivesse morto. Tinha mil mãos e falava mil idiomas.

"Gosta do hotel?"

Eu gostava de estar longe, e de provar para mim mesma que não havia nada melhor do que um quarto estranho. Com uma carícia, ele me propôs que entrássemos em algum tipo de negociação, que topei, e lá ficamos, importando e exportando fluidos corporais por um tempo, até que fomos novamente interrompidos por um telefonema. Fui outra vez até a sacada. O mar era a mesma mancha de sempre. Depois Stefan veio acariciar minhas costas. Pensou, então, que aquele era um bom momento para me tirar, conforme disse, da ingenuidade. Eu não queria ouvi-lo, mas ouvi. Seu sarcasmo era música de um instrumento infame ardendo em meus ouvidos. Falou da fabricação de xícaras no Camboja que eram vendidas a preço de banana para a Austrália em Cingapura. Dos australianos que as compravam e que deixavam, no supermercado, vinte centavos para uma campanha da Unicef. Perguntou se eu não achava isso magnífico, se isso não provava que nosso mundo era uma grande obra de arte.

Algum dispositivo voltava a soar no quarto. Ouvi-o falar inglês, e justamente de uma carga de xícaras cambojanas que estava encalhada no porto de Sydney. Como faltava imaginação a esses homens para dar exemplos. Fiquei diante da grande mancha azul, pensando que ontem tinha feito anos, trinta e três.

Está frio, apesar do tapete que cobre o chão e segue até metade das paredes. Estou incógnita em Buenos Aires, embora ninguém esteja à minha procura. Esses são os pequenos triunfos que me divertem. O que é o apartamento? Um quadrado cheio de tijolos que alguém esqueceu vazio há algum tempo no último andar de um edifício do Once. O céu que me coube é de um amarelo cheio de manchas de umidade. Agora olho os terraços desiguais e sujos da cidade onde nasci. Penso que meu pai nunca teve razão, que há repouso, e que ele está exatamente debaixo de uma árvore velha que cospe nozes em março.

"Mas que sotaque o teu!", me disse dona Carmen, a de La Mancha. Saímos da pousada com o humilde objetivo de comprar pão e presunto. Fazia um calor tão opressivo que o engolíamos com relutância.

Ligo o aquecedor do banheiro, dispo a roupa suja e entro no chuveiro desperdiçando água da caixa. Faz tempo que moro na casinha. Não queria ir embora; lá fora neva. Saio do chuveiro e me enxugo com cuidado. Sentada na borda da banheira, ponho meias limpas, nem novas nem velhas, e como se viesse de meus pés me sobe à garganta a felicidade. É um privilégio tão grande sair do chuveiro e calçar meias limpas. Já estava em pé, mas preciso me sentar de novo, porque minhas lágrimas rolam até os joelhos.

"É verdade que tenho que ir embora?"

"Só por esta noite. Hoje as térmitas vão baixar e você não vai conseguir dormir."

É verdade que fazia muito calor. Passei o que restava da tarde limpando as cestas de verduras; encontrei e vendi umas cenouras para um vizinho que sempre vinha a pé, e vi que Marco saía e entrava, sacudindo a caminhonete pela trilha de terra, com ovelhas na ida e na volta, com lenha e sem lenha. Me disse para colher uns tomates, embora estivessem verdes. Desceu e subiu dois sacos de batatas na parte de trás. Se apressava, cortava lenha ainda que tivéssemos o bastante para o chuveiro e, pela época do ano, não fôssemos precisar de tanta. Evitei perguntar quem seria o destinatário de tomates tão intragáveis, e por que ele largava, uma vez mais, o machado no meio do jardim. Em sua austera economia, ele nunca fazia nada que fosse desnecessário, e era cuidadoso, e detestava trabalhar em vão. Só desperdiçava recursos comigo, sem saber como nem por quê. Me aproximei para acariciá-lo, ainda que não costumássemos fazer isso ao ar livre; era um descuido ficarmos à vista.

"Hoje à noite você podia ficar comigo no povoado."

"Melhor não."

"Estou te pedindo. E podemos dar uma volta. Ou ouvir música."

"Hoje à noite, acho que não."

Ele hesitava? Não consegui evitar a pergunta:

"Você tem outros planos? Ou é por causa de Madame Cupin?"

Minha pergunta ficou sem resposta; Marco pegou de novo o machado e descabeçou vários troncos grossos, que depois foi cortando em lascas, com a precisão de um artista e a desenvoltura de um açougueiro. Desprezei mais do que nunca seu laconismo e até me senti ofendida, pensando que aquilo tudo era perpetrado contra mim. Pensei: "Não o amo. Não quero vê-lo nunca mais".

Desci a estrada a pé. Era uma dessas manhãs neblinosas de inverno entre as montanhas, quando mal dá para enxergar as árvores. Eu tinha madrugado e ainda faltavam horas para pegar no trabalho no herbanário. Pedi carona e nenhum carro parou. Meio cismada, fui andando à beira do caminho; era uma dessas manhãs de neblina em que um fulano bem pode sair meio metro do asfalto e frear tarde demais, ou justo a tempo de quebrar um braço ou uma perna de alguém. Por que essa preocupação com a integridade de minha pessoa, se tinha feito tanta coisa para me jogar em precipícios e afundar, ou para me perder em alguma fronteira durante anos? Porque naquela madrugada, tão cedo, quando ainda estava escuro, eu compreendi que meu pai não tinha falado a verdade. A casinha perdida entre as montanhas, fria no inverno e sufocante no verão, na frente do pátio e da nogueira, era a prova incontestável. Pela primeira vez eu me sentava e me deitava sem ceticismo, confiando plenamente nas cadeiras e nas camas. Agora, qualquer um podia vir com sua ciência me negar as evidências da noite e do dia; eu me tornara um animal magnífico, suave, compacto e inteiro. Um dia no povoado tive que insistir para que abrissem o posto telefônico, pois ainda não eram nove horas. Ia ressuscitar os mortos e parecia que meu coração ia sair pela boca. Disquei um número comprido e fiquei escutando um pouco a vibração da linha. Ninguém do outro lado? Mas sim, uma voz minúscula como um sininho me cumprimentou em alemão. Kolya estava vivo, e sozinho em casa. Pensei que seria um esforço inútil lhe explicar quem eu era.

"Tua mãe não está. Eu queria falar com ela. E agradecer. Porque o amor existe e o lugar existe."

Houve um imenso silêncio, coitado do Kolya, lá do outro lado.

"Minha mãe foi na vizinha ali da frente. A vizinha não estava bem."

Talvez tenha sido melhor assim, não encontrar Julia nem dizer nada a ela.

"Estou indo na escola."

"É, Kolya, que bom."

"Na escola eu aprendo o um, o dois e o três."

Já estava na hora? Alexander tinha posto uma camisa e um paletó, e quase não o reconheci. Fingi ter esquecido o assunto. Ele não acreditou, e rimos. Eu também tinha uma roupa especial, branca, comprada a duras penas no dia anterior. Seus pais nos esperavam na porta da prefeitura de Heidelberg, onde funcionava o registro civil. Ela era morena e alta, ele um pouco gordo, igualmente inatingível para minha altura. Trocamos apenas um aperto de mãos. Sorriram, disseram estar surpresos. Num descuido meu, o homem acariciou minha cabeça. Eu não merecia nenhuma dessas bênçãos. Lá dentro havia alguns amigos de Alexander espalhados pelo grande salão; alguns caçoavam de um quadro monárquico num canto, outros simplesmente se entediavam. Alguém tinha trazido cravos. *Dianthus caryophyllus.* Passei toda a cerimônia anunciando, mente adentro, outras famílias de herbáceas, formas de folhas opostas ou lanceoladas, apesar dos esforços do juiz de paz, que nos falava do amor e da vida em comum, e que finalmente conseguiu nos converter à fé do matrimônio, ao menos por um mês. Alexander não soltava a mão que deixei esquecida de propósito, perto da dele. Amei-o quando me deu um beijo e amei-o quando fomos para a rua. Mas o silício e as folhas lanceoladas não me deixavam em paz; minha cabeça era um grande tubo de precipitados, onde gases e vapores trabalhavam sem descanso.

Vendi um pão de papoula. Outro eu guardei no bolso.

Madame Cupin nos esperava com suas altas taças de vinho. Mas as velas não se deviam a um possível romantismo e sim a que, como em outras ocasiões, nessa noite faltava energia na montanha toda. Chegamos juntos como se viéssemos de longe e de uma mesma casa. Apesar da bengala e do reumatismo, ela não nos deixou ajudar com os pratos nem com a salada nem com a carne, que nos trouxe amavelmente, curvando-se e mostrando os brincos de pérolas.

"Como vão vocês?", começou quando já estava tudo servido, como se não tivesse nos visto lá de seu jardim uma hora antes, eu vendendo morangos e ele mesmo depois, porque Marco tinha sido encarregado de levar-lhe a carne que agora perdia seu suco sobre a mesa. Cada um respondeu no singular alguma coisa extraída da vida cotidiana. Mas ela não parecia satisfeita; quis saber se era verdade que tínhamos ido juntos ao povoado na tarde anterior. Foi uma coincidência, explicou Marco. Essa era uma batalha que ele jamais venceria. Me contradisse quanto pôde durante o jantar, mais de setenta vezes sete, se me permitem dizer assim. Que isso não e que aquilo tampouco. Marco não sabia nada de mim, e Madame Cupin triunfava em seu ceticismo, e meu coração não queria se ofender; parecia fascinado pelo brilho daquelas pérolas.

"E você não se sente só na casinha?"

Quis saber a dama.

"Nem de noite?"

Perseverou.

Insistiu para que comêssemos sobremesa e serviu grandes porções. Dessa vez usou a desculpa dos pratos para me levar até a cozinha, me serviu um uísque e me assegurou que Marco tinha dormido na poltrona, à nossa espera.

"Você o ama?", perguntou quando já me deixara encurralada. Preferi o silêncio, embora isso só aumentasse suas conquistas. Depois me atrevi a dizer que estava feliz na casinha que eles me alugavam, que me sentia agradecida, que tomara que não tivesse que ir embora.

"Você é um encanto de pessoa", mentiu Madame Cupin no fim da noite, e eu pensei que ia dar tudo certo.

Vendi quatro incensos de mirra na praça, um colar de contas grossas. Mais tarde, no copo do café, alguém me jogou uma moeda.

Cheguei a Retiro quando o sol estava se pondo. Era a primeira vez que me repetia em muitos anos, porque desde que saíra de Buenos Aires com meus parcos vinte e três, sempre dera um jeito de ir desenhando sobre o mapa-múndi um círculo errático e simples, que nunca pisava no próprio rastro. Também consegui repetir o hotel de passageiros da avenida Libertador, porque nessa noite também não havia passagens, e tive que esperar até a manhã seguinte para pegar o ônibus.

Mas no hotel, ao contrário da primeira vez, dois anos antes, não me fiz passar por mais ninguém além do que restava de minha pessoa. Dei meu nome e o endereço de um apartamento do Once onde ainda moro. As vinte horas de ônibus foram difíceis; tinha medo e esperança. Por que voltava, depois de tudo o que acontecera? Queria a mesma coisa, e em detalhes: descer até a estação, ir até o posto de bombeiros, atravessar a estrada, passar pelas cabanas e subir até a casinha do meio, embora ela tivesse sido derrubada e ele já não me esperasse na ponta da trilha de terra. Em Bolsón, desci até o posto de passagens que serve de estação de ônibus e me sentei num banco rústico para que um cão abandonado e lanoso me lambesse os dedos. Havia um jornal jogado no chão. Apanhei-o. Sobre um canto da seção policial falavam do julgamento dos supostos assassinos de Marco e de Madame Cupin, que deixou meia Patagônia em ebulição durante vários meses. E eu? Tinha ficado trancada num apartamento do bairro Once, em Buenos Aires, olhando os terraços dos edifícios, tentando não pensar na neve nem nas montanhas. Naquela noite dormi em Bolsón, muito mal, enquanto a cabeça ia entornando em seu fundo negro as mesmas ideias, várias vezes, como nas fontes contínuas. Eu conhecia os algemados da foto? Claro. Um era o lenhador de El Hoyo para o qual mais de uma vez vendemos ovelhas, e eu pão, no herbanário, e fruta, na granja. Os dois homens diziam que tinha sido um crime por encomenda, acertado antes e confirmado naquele mesmo dia com um telefonema. Que a voz no telefone podia ser de homem ou de mulher. Os detalhes do depoimento estavam um pouco abaixo, mas amassei a folha e chutei o cão ao me levantar.

Quanta gente consegui fazer de trincheira, tanta gente que me fez falta.

Durante a viagem de bonde que me levava de volta a Heidelberg avistei um dorso turco e uns bigodes que conhecia bem. Nunca tínhamos nos encontrado na volta para casa ao sair da Ikea, e de repente pensei que podia haver alguma razão para aquele encontro. Ele teria me seguido? Para comprovar, resolvi segui-lo. Desceu depois de meu ponto habitual, numa pizzaria italiana onde pediu algo para comer. Fiquei lá fora, e vi uma mulher lhe servir um prato e em seguida sentar-se à sua mesa. Acariciaram-se ao se despedir. Caminhou algumas quadras e dessa vez entrou num ônibus. Havia gente suficiente para que ele não me visse, então não foi dessa vez que o perdi. Mas soube tarde demais que ele estava descendo e só consegui sair do ônibus no ponto seguinte. Caminhei três quadras pelos subúrbios limpos e despovoados de Heidelberg, cheios de olhos nas janelas. Ela e ele estavam juntos, na frente da entrada de um edifício. Não devia ser a casa de nenhum dos dois, a julgar pelo modo como se esmeravam nos beijos. Invejei aquele lance furtivo que eles tinham nas mãos por um tempo suficiente para que me descobrissem parada no meio da rua. Ficamos nos observando por um segundo. Pelo visto, não era nem bom nem ruim que eu os tivesse visto. Dei meia-volta e fui embora. Devem ter fechado a porta que ela mantinha aberta com um pé, devem ter subido a seu refúgio secreto para se desfrutarem por inteiro, sem nenhum outro fim que eles mesmos. Eu voltava atrás pelo mesmo caminho e a cada passo os invejava. Subi no bonde e desci na praça Bismarck. Vi dois jovens bêbados sacudindo uma lata de cerveja vazia e decidi que no dia seguinte iria denunciá-los na Ikea. A lituana tinha preparado a pilha de pratos que caiu sobre a chefe de nossa seção, tinha tingido lençóis com marcador vermelho e quebrado copos em segredo. Iam me ocorrendo outras acusações, exultante em minhas misérias, a caminho de meu quarto. Dormi cedo, como sempre, porque precisava me levantar de madrugada para chegar a tempo no meu turno. Mas já eram oito horas e eu ainda dava voltas entre a geladeira e a mesa do café, e quando deram as dez eu soube que bem que gostaria de beijar aquela boca do turco, e fumar seus cigarros, e ter maiores perigos do que todos os meus bons álibis. Nunca mais voltei à Ikea, nem para denunciá-los nem para qualquer outra coisa.

Mas o que pode haver de mais miserável que acreditar em Deus? E no entanto, ao ver aquele braço salpicado de sangue comecei a rezar para que Deus existisse, ainda que ninguém soubesse e eu rezasse só para mim.

Marco nunca tinha dúvidas. Mas Marco duvida, corre atrás de mim e me alcança. Depois se desdiz e me empurra, me obrigando a passar para o outro lado da porteira. Isso me confunde. Olho para ele, tento saber o que decidirá. Nessa dúvida está em jogo sua vida, e ele não sabe. Mas finalmente eu lhe dou ouvidos e desço até o povoado. Dou uma volta, passo pelo posto telefônico e por fim peço um quarto no hotel Amancay. Me tranco lá, olhando para fora. "É só esta noite", me disse ele. Mais tarde reconheço a caminhonete, que estaciona diante do hotel. Está vindo dormir comigo, como eu pedi. Por que não abro a janela e falo com ele? Parece sério como um túmulo. Antes de ir, põe a cara para fora da janela.

Passaram-se meses. Eu estava no supermercado Coto, do Once, escolhendo uma lata de ervilhas que pudesse pagar e engolir, ainda que nenhuma fosse boa como as de antes e todas fossem caras. Esta marca ou aquela? Estava às voltas com essas pequenas dificuldades quando aquilo me veio à mente. A alça da bolsa se soltou de meu ombro e percorreu todo o meu braço antes de se soltar. Ergui a bolsa do chão devagarinho, como se de repente me sentisse muito doente. Abandonei a compra, o carro, um guarda-chuva e uma sacola de roupa que pretendia levar para lavar. Saí e pensei que os carros faziam um barulho enorme na avenida Rivadavia. Me sentei na praça; logo chegou um homem que se acomodou a meu lado e se dedicou por um bom tempo aos pombos. Como eu, outras pessoas estavam com os olhos postos nele. Passaram todos os rostos do mundo.

Mas seria um ato de vandalismo dizer que ele fez aquilo por mim. Qualquer um que viva perto de El Hoyo sabe quem é o lenhador que um dia matou a velha das empanadas; é uma história que todos conhecem de trás pra frente. Qualquer um lhe vende ovelhas em troca de lenha; qualquer um o atende se ele aparece uma tarde para comprar morangos. Não foi seu irmão do Chile, a fim de receber a herança e fazer o grande hotel sobre a encosta do último campo, nem o parente francês de quem Madame Cupin me falava como sendo um pirata enriquecido, sedento por um hectare de bosque onde passar seus dias quando chegasse o toque de recolher da aposentadoria. Por isso naquele dia o encontrei no posto telefônico, e quando nos esbarramos na porta ele tentou me ignorar e, às pressas, escondeu um dos lenços de seda verde que sua mãe trouxera de Paris décadas antes. É por isso que, nesses últimos dias, arrematou meio rebanho dos melhores animais a um preço tão baixo, e é por isso que o machado se tornara mais uma peça do jardim e rondava, na varanda, embaixo da nogueira, como se fosse um gato. Ele mesmo deve ter contratado o açougueiro. É possível que o parente francês nem exista. Marco contrata o lenhador de El Hoyo porque ele mesmo não consegue fazer isso. Mas cuida para que o homem não saiba quem lhe está pagando, liga do posto telefônico, no povoado, deve disfarçar a voz com aquele lenço verde. A missão é simples. A arma estará à espera na casa, ao pé da nogueira, aparentemente como se a tivessem esquecido lá fora. Essa história do machado esquecido é um fingimento de Marco, sem dúvida. Mas naquela noite dos insetos, chegam antes do combinado, ou tarde demais. Pois não é só um que chega, são dois. Marco andou duvidando pela primeira vez na vida, duvida há algumas horas. Tenta ir comigo ao povoado tal como lhe pedi e depois, no caminho de terra, decide que não, talvez para não levantar suspeitas; em todo caso, fica em casa. Mas duvida, está prestes a se arrepender. Pouco depois vai ao povoado e nem desce da caminhonete. Estaciona-a por um momento diante do hotel Amancay, cospe pela janela, vai embora de novo. Não tem como deter a roda que ele mesmo pôs em movimento. Isso o delataria. Volta para a granja e procura a mãe, que por algum motivo não está em sua casa, mas na do meio, que é a minha.

Penso no crime, sentada na praça do Once durante horas. Ou são minutos? É de tarde de noite, de manhã e de tarde.

Planejou isso faz tempo, talvez desde o dia em que me disse que em alguns meses eu teria de ir embora da casinha. Depois ele briga com Madame Cupin e consegue que eu fique pelo menos mais um pouco, porque já sabe o que estou procurando lá na montanha, e ele procura a mesma coisa. Estão na minha casinha quando ouvem uns ruídos lá fora. Ele sabe quem está vindo, mas fica surpreso ao descobrir que são dois, na sala. Porque ele só contratou um: o açougueiro de El Hoyo. Agora que está arrependido, o fato de serem dois é uma grande desvantagem. Matar a mãe não é a mesma coisa que matar um cavalo, ou um cão, é o que ele deve pensar, pesaroso. Ele diz para ela "O que você está procurando aqui?" quando a encontra, um pouco antes de os outros chegarem, revirando gavetas em meu quarto. Ouvem ruídos e ele vai até a sala. Não está com a escopeta. Usa uma cadeira, um pau e um vaso com terra, mas nada disso é suficiente contra o machado que ele mesmo deixou debaixo da árvore para uso do assassino. Agora luta contra dois. Madame Cupin deve ter se escondido em meu quarto, com medo. É um lento massacre o que os três homens organizam na sala, onde apenas algumas horas antes Marco e eu nos prometemos algo parecido com o futuro. Agora ele luta com braço forte, e lhe partem um braço. Então o lançam por terra e depois se encarregam de Madame Cupin.

Abracei dona Carmen na cidade de Almagro, sob o sol do meio-dia de La Mancha, afirmando que voltaria a vê-la e sabendo que jamais o faria.

Olhei para Alexander, que tinha ficado na plataforma, e lhe fiz um sinal de amor, como se o amasse, embora não o amasse.

Beijei a mão de Julia de dentro do táxi enquanto lá fora, tiritando com o frio de Berlim, ela lutava contra as lágrimas.

Nunca mais vi nenhum deles. Nem falei com eles, nem respondi a suas mensagens. Terminei com eles sem deixar rastro, sem dó nem piedade. Cada despedida é um crime.

A noite está perfeita: neva, estou com minha jaqueta forrada de pele e tenho uma rua branca pela frente. Acabei de largar um emprego, de jogar meus documentos na água e de me despedir de meu quarto. Deixei uma mala numa praça de Hamburgo, se molhando, e espero que alguém, por pura misericórdia, a roube. A cada passo enterro uma frase e um nome, de todos os que pronunciei e conheci. Sou nova com vinte e seis anos, e agora que não tenho nada me confundo, e acho que tudo me pertence.

Ele entra procurando a mãe, que vasculha meu quarto, e se esquece de recuperar o machado que abandonou embaixo da nogueira. Antes que caia a primeira machadada, ele consegue dizer ao açougueiro, certamente, em que pedra escondeu o dinheiro que pagará a matança, e que o homem já deve ter encontrado. Do contrário, não estaria ali. É uma tentativa de detê-lo. Porém, diante do machado Marco não se lembra de quantas vezes mudou a voz e falou com ele por telefone para lhe dar suas instruções: vá até a granja Del Monje e mate quem encontrar pela frente. O dinheiro está na pedra da primeira subida da montanha, quando o caminho faz a terceira curva, ao pé do pinheiro queimado. Não os detém, porque cai a segunda machadada. Ele é grande e forte, o suficiente para despertar a fúria dos outros. Aquietam-no na porrada e depois se encarregam de Madame Cupin. Eu o vi da janela do hotel naquela noite de verão em que os insetos viriam. Estacionava a caminhonete e cuspia pela janela. Foi seu plano desde sempre: hesitar até o último minuto e agir como se finalmente concordasse que dormíssemos juntos no hotel Amancay. Se tivéssemos realmente combinado isso, e fosse um encontro marcado como o de outros homens e mulheres que se amam sem se esconder, não teria a contingência a seu favor. Teria programado ficar fora de casa, e isso seria suspeito. Isso ou algo assim. Mas naquela noite ele hesita, de mentira e de verdade. Uma para mim e outra propriamente; ora finge, ora não. Essa é sua condenação.

Minha casa depois desse tempo todo? Minha casa é o número atômico do silício, as propriedades do gás butano. Neles me espraio e estico as pernas como numa grande poltrona.

Uma vez mais ele põe o rosto para fora da janela, um rosto que não é o dele, que se extraviou, e cospe para fora. Eu o vejo, eu o vejo. Por que não peço que suba e o salvo? Ele cospe, e cospe, e eu me calo.

Muito tempo depois descobri o padeiro numa rua de Heidelberg, longe da padaria e dos aventais brancos que antes usávamos. Era outro homem, nem melhor nem pior. Ele me reconheceu já de longe e, justo quando estava para cruzar comigo, atravessou para a outra calçada.

A terceira viagem a El Bolsón foi demorada; o asfalto estava cheio de armadilhas. Eu ia cansada das perguntas que já respondera para mim mesma e que não queria voltar a ouvir. No caminho contemplei o campo verde, o pampa seco, as mesetas de Neuquén. Acordei e já estava de volta, na cordilheira, mas ainda tive que esperar algumas horas para pisar na montanha pela segunda vez desde a morte dele. Não queria me convencer de nada: nem de que tinham arrancado as casas nem de que estavam construindo o hotel de alto nível que o irmão de Marco planejara. No povoado, todos já haviam sentenciado que o assunto não tinha nenhum futuro, porque ali não era lugar para ninguém ficar rico, e às vezes nem para sobreviver. Fui a pé pela estrada, subindo sem pressa, até o posto de bombeiros. Eles me cumprimentaram com um breve entusiasmo e me contaram que os açougueiros estavam presos preventivamente em Esquel. Como sabiam que não tinha sido um roubo, havia muita especulação sobre quem os teria contratado; ao irmão de Marco não puderam imputar nada, tampouco ao vizinho, apesar da pendenga da canalização pela qual tinham brigado horrores anos antes e dos rumores do incêndio que tinha devorado meia lavoura de frutas. Estavam tomando um mate morno, que me ofereceram, e que aceitei. Não era época de fogo; chovia havia semanas. Um dos bombeiros apostava no irmão de Marco e dizia que as provas eram evidentes: ele herdara e começara imediatamente a construir aquele hotel inútil, que sem dúvida logo o levaria à ruína. O outro, que nascera na região e entendia de vinganças, tinha certeza de que a matança fora encomendada pelo vizinho de cima, de quem Marco havia liquidado dois cães e um cavalo, o loiro, depois da pendenga pela água do arroio. Do incêndio, apenas murmurou uma suspeita. Mas havia motivos de sobra. Madame Cupin não era nem vítima suficiente nem principal, tinha morrido pela mera culpa de ser mãe do herdeiro, ou de naquela noite estar no lugar oportuno. Onde? Em meu quarto.

"Graças a Deus que você não estava lá."

"Você se salvou por um triz", disse o outro.

"Foi o irmão, não acha?"

"Não", falei, "acho que fui eu."

Isso os divertiu. O da esquerda me deu um tapinha de confiança no braço, que deixei passar. Naquelas latitudes as mulheres eram mais insensatas que culpadas. Falamos do mau tempo e da próxima temporada de verão, dos costumes dos turistas, que eram péssimos, e do último acidente na estrada que leva a Bolsón.

"Deviam acreditar em mim", falei ao me despedir.

Eles me garantiram que quando eu voltasse alguns meses depois tudo estaria melhor. Que já saberiam mais sobre o crime, e que a montanha seria a mesma. Isso devia me tranquilizar.

"Julia", lhe digo num sussurro. Entro na ponta dos pés em seu quarto, que está às escuras apesar do dia; recende a flores ácidas de um de seus perfumes baratos que tanto aprendi a apreciar. Ela é uma sombra branca na cama; sobre a cabeça tem uma coroa de lenços que vai encharcando no gelo de uma tigela. Me dá a mão. Nunca fala durante suas enxaquecas, mas dessa vez sim, me conta umas coisas inúteis, outras menos, me pede que faça o mesmo com as minhas. E fomos, como sempre, puxando o fio da meada, embora em voz bem baixa e sem luz e a contrapelo, mais que durante as noites, porque não faz bem a ela e a mim nem me acalma nem me toca esse *frisson* de se amar o tempo todo.

"Isso", conclui ela, meio mortiça, "é porque lhes faltava a prova de amor."

O caso é a história de duas figuras quaisquer que não tinham conseguido ser amantes de final feliz, como tantos outros de quem falávamos tantas vezes; mas nessa tarde Julia se empenha, enquanto lá fora se esconde uma Berlim enevoada, em explicar todo fracasso pela ausência desse truque. A prova de amor isso, a prova de amor aquilo; que um amante a pede para o outro; que não tem sentido; que é cheia de caprichos, e até maldita. Ela se entusiasma no centro da cama, sob seu turbante de tecido e gelo, e uma voluta de espuma sai de sua boca.

"A gente pede a prova sem explicações, e não há nada a temer. Quero que você venha amanhã, quero que não venha, e assim por diante. Uma viagem de trem, uma renúncia, tudo serve", se exalta, e aperta minha mão, confiante de que me convenceu.

Faz quatro anos que vivo sem me mover deste apartamento do bairro Once, olhando os terraços de Buenos Aires. Se me estico e fico na ponta dos pés, por uma das janelas consigo reconhecer o telhado de uma casa que já foi minha, de meu pai e de meus irmãos há muito tempo. Tenho uma mesa, duas cadeiras, um cobertor e um banheiro. Isso me basta.

"Eu faria qualquer coisa para ficar."

"Não é verdade", respondeu Julia. "Você faria qualquer coisa para ir embora."

Na praça do Once aproxima-se um homem que arrasta uma perna e trabalha como mendigo. Senta-se a meu lado, me ignorando, e entra numa conversa profunda com um dos pombos. Enfio a mão no bolso e tiro o colar de pérolas de Madame Cupin, que imediatamente dou para ele, sem dizer nada além disso mesmo, que agora o colar é dele. Quer saber se são pérolas autênticas. Eu nego, e solto no ar uma última lágrima, que parece voar, ainda que não.

Saí pelo caminho de terra e notei que alguém me seguia. Era Marco. Pôs a mão em meu pescoço e, agitado por ter corrido atrás de mim, curvou-se para me dar um longo beijo. Por que se despedir, se nos veríamos tão logo?

Tinha acabado de me prometer, cem metros antes, que viria dormir comigo no povoado de qualquer jeito, não importava o que acontecesse naquela noite. Eu me atrevi a dizer que dessa vez estava pedindo de verdade.

"No hotel Amancay?", perguntei com uma carícia, porque se ele não cumprisse a promessa eu sentiria sua falta.

"Esta noite sem falta, no hotel Amancay."

Título original: *Cada despedida*
© Adriana Hidalgo editora, 2010
© Mariana Dimópulos

Edição *Heloisa Jahn*
Coordenação editorial *Laura Di Pietro*
Curadoria (literatura latino-americana) *Belén Carballo*
Projeto gráfico *Bloco Gráfico*
Revisão *Isabel Jorge Cury* e *Juliana Bitelli*

Imagem de capa *Ana Cartaxo* [Sem título, 2021]

Este livro atende às normas do Novo Acordo Ortográfico em vigor desde janeiro de 2009.

Dados internacionais de Catalogação na Publicação (CIP)
D582c | Dimópulos, Mariana
Cada despedida, Mariana Dimópulos
Tradução: Josely Vianna Baptista
Apresentação: J. M. Coetzee
Rio de Janeiro, Roça Nova, 2021
160 pp.

ISBN 978-65-87796-16-1

I. Ficção argentina. I. Baptista, Josely Vianna, 1957
II. Título.

CDD Ar863
[Roberta Maria de O. V. da Costa, bibliotecária, CRB-7 5587]

Todos os direitos reservados à
Editora Roça Nova Ltda.
editora@rocanova.com.br
www.rocanova.com.br

Este livro foi composto em *Andada*,
fonte desenhada por Carolina Giovagnoli,
e impresso em papel Pólen Soft 80 g/m²
pela gráfica Exklusiva em novembro de 2021.